नेहरू बाल पुस्तकालय

छलावा

(बाल कहानी संग्रह)

मृदुला गर्ग

चित्र : अरूप गुप्ता

nbt.india
एकः सूते सकलम्
राष्ट्रीय पुस्तक न्यास, भारत
NATIONAL BOOK TRUST, INDIA

10 से 15 वर्ष के बच्चों के लिए

राष्ट्रीय पुस्तक न्यास, भारत की स्थापना पुस्तकों के प्रोन्नयन और पठन अभिरुचि के विकास के उद्देश्य से सन् 1957 में भारत सरकार (उच्चतर शिक्षा विभाग, मानव संसाधन विकास मंत्रालय) द्वारा की गई थी। न्यास द्वारा हिंदी, अँग्रेजी सहित 30 से अधिक भाषाओं एवं बोलियों में पुस्तकों का प्रकाशन किया जाता है। बच्चों की पुस्तकों का प्रकाशन सदैव से संस्था की प्राथमिकता रहा है।

ISBN 978-81-237-7417-6

पहला संस्करण : 2015
दूसरी आवृत्ति : 2019 *(शक 1941)*

Chalava *(Hindi Original)*

₹ 145.00

निदेशक, राष्ट्रीय पुस्तक न्यास, भारत
नेहरू भवन, 5 इंस्टीट्यूशनल एरिया, फेज-II
वसंत कुंज, नई दिल्ली-110070 द्वारा प्रकाशित
Website: www.nbtindia.gov.in

अनुक्रम

पोंगल पोली

आइहोले के खंडहर मंदिरों के बीच बने ताल से सोनम्मा पानी भर रही थी कि उसने देखा, वही कल वाले लोग आज फिर आए हैं। वही लंबी काली गाड़ी। देखते ही उसका छोटा भाई फ़कीरप्पा अपने साथी बेरू और शांतम्मा के साथ गाड़ी को घेरकर खड़ा हो गया। आज फ़कीरप्पा और बेरू, दोनों में से कोई स्कूल नहीं गया था, शायद इन्हीं लोगों के आने की आस में।

सोनम्मा साँस रोककर स्त्री के बाहर निकलने की प्रतीक्षा करने लगी। लकदक सफेद पोशाक पहने एक आदमी कूदकर गाड़ी से उतरा और फुर्ती से पीछे का द्वार खोल खड़ा हो गया। वह उतर आई। वही गले में सोने का भारी हार, हाथों में सोने की ढेर सारी चूड़ियाँ, टोकरी भर काले केश सिर पर और...उसकी साड़ी! इतनी महीन जैसे हवा में उड़ता वर्षा ऋतु का पहला बादल।

साथ ही पुरुष भी उतर आया, हाथ में वही कल वाला डिब्बा लिये। क्या अजीब कपड़े पहनता है। रंग-बिरंगी कमीज और कसी-कसी, वह क्या कहते हैं, पतलून। हँसी आती है।

वे दोनों हँस-हँसकर आपस में बातें कर रहे थे और सोनम्मा थी कि उधर से आँखें नहीं हटा पा रही थी।

कल आए थे तो सब मंदिरों में घूमे थे, पर जैसे और यात्री घूमते हैं वैसे नहीं। ये तो हर मूर्ति के आगे साँस रोककर खड़े हो जाते थे और आदमी डिब्बा आँखों से लगा लेता था। उसका मन हो आया था, वह भी एक बार उसमें से देखे। उसमें सनीमा दिखता है क्या? एक बार मेले में देखा था, कैसे बोलता था दिखलाने वाला—आगरे का ताजमहल देखो। बारह मन की धोबिन देखो। आइयो! कितना मजा आया था।

पर फ़कीरप्पा कहता है, यह सनीमा नहीं, कैमरा है कैमरा। बटन दबाते ही फोटू खिंच जाता है। फ़कीरप्पा स्कूल में क्या पढ़ता है, अपने को बश्वेश्वर का अवतार समझने लगा है। संसार में जैसे कुछ हुई नहीं जो ये न जानता हो।

कल सारी सुबह सोनम्मा उनके पीछे फिरती रही थी और जब सूरज चढ़ने पर उन्होंने दुर्गा मंदिर के अहाते में बैठकर टोकरी खोली तो, शिव रे, उसके मुँह में इत्ता पानी आया, इत्ता पानी आया कि थूकना कठिन हो गया, क्या-क्या सामान था उसमें! दही भात, इमली भात, पोंगल,

पूरी, आलू-भाजी और सफेद-सफेद वह जो होती है! उसने बाजार में देखी कई बार है, पर खाई कभी नहीं। क्या नाम है उसका? बरेड; हाँ, बरेड! और भी जाने क्या-क्या। अच्छा, एक ही दिन, एक ही बेला, कोई इतना खा सकता है! अगर उसे मिले तो? हाँ, वह खा सकती है, अवश्य खा सकती है। पर मिलेगा कैसे?

खाते-पीते स्त्री ने उसे ताकते देख लिया और सोनम्मा लजाकर भाग खड़ी हुई थी, सीधी ताल पर। अकेली क्या वही देख रही थी? उन दोनों के पीछे बच्चों का पूरा जमघट सारा दिन पिछलग्गुओं की तरह घूमता रहा था। वह सिर्फ बढ़िया-बढ़िया चीजें खा नहीं रही थी, अपने सामान में से बहुत कुछ बच्चों में बाँटे दे रही थी। कोई खाली हाथ नहीं रहा था, किसी के हाथ में ब्रेड, किसी के हाथ में केला, नहीं तो पूरी या पोंगल या कुछ और। तभी न सब उसे अम्माँ-अम्माँ पुकार रहे थे।

आज फिर वही हो रहा है। उसे देखते ही बच्चे उसे घेरकर खड़े हो गए हैं। तभी शांतम्मा भागती हुई सोनम्मा के पास आई और बोली, ''जानती है रे, बेरू को उसने एक फाउंटेन पैन ला दिया है। बेरू भी बड़ा चंट है। स्कूल में पढ़ता है न। जरा भी लाज नहीं है उसे। झट माँग लिया और आज उसने ला भी दिया।''

सोनम्मा ने उत्साह नहीं दिखलाया तो भी शांतम्मा का जोश कम नहीं हुआ। वैसे ही कहती गई, ''सच रे, जो माँगो वही दे देती है। मैंने पूछा, तुम्हारे गले में क्या असली सोना है, तो बिलकुल पास लाकर दिखला दिया। कैसे चमकता है रे! और वह है भी कितनी सुंदर!''

सोनम्मा फिर भी कुछ नहीं बोली।

शांतम्मा की समझ में नहीं आ रहा था, आज वह इतनी उदासीन क्यों है। उसे झकझोरकर उसने सीधा वार किया, ''तू भी माँग ले न बरेड जाकर। रोज कहती है, बरेड को मन ललचाता है।''

''मुझे नहीं चाहिए बरेड-फरेड,'' सोनम्मा सहसा झिड़ककर बोली, ''तू जा यहाँ से!''

शांतम्मा उसे अँगूठा दिखलाकर भाग गई और सोनम्मा का मन और भारी हो आया।

कल तीसरे पहर वे दोनों ताल पर आए थे। तभी से सोनम्मा का मन कैसा-कैसा तो हो गया है।

वह ताल से पानी निकाल चुकी थी कि स्त्री ने पास आकर पूछा था, ''तुमलोग क्या यही पानी पीते हो?''

''हाँ अम्माँ,'' सोनम्मा ने उल्लसित स्वर में कहा था, ''चाहिए तुम्हें? दूँ?''

''नहीं, नहीं!'' कहकर वह एकदम पीछे हट गई थी।

कुछ कहा नहीं था, पर उसके शरीर से जैसे घृणा बह निकली थी।

कुछ देर वह ताल के किनारे खड़ी इधर-उधर देखती रही थी, फिर हाथ बढ़ाकर किनारे बनी एक मूर्ति को दिखलाकर चिल्ला उठी थी, ''अरे देखो न, धनकुबेर की मूर्ति! लगता है यह ताल भी आइहोले के मंदिरों के साथ ही बना होगा, पाँचवीं-छठी शताब्दी में।''

''यानी,'' पुरुष ने हँसकर कहा था, ''डेढ़ हजार साल से यहाँ के लोग इसी ताल का पानी पीते आए हैं! जरा कीच तो देखो। छी-छी!''

सोनम्मा की समझ में नहीं आया था, इसमें छी-छी की क्या बात है। पुराने मंदिरों के खँडहरों के बीच बस्ती बसाकर जो लोग रह रहे हैं वे सभी तो इस ताल से पानी लेते हैं। आजी कहती है, वो जब छोटी थी तो यहीं से पानी भरती थी। उसी ने बतलाया था, यह मोटे पेट वाली मूर्ति धनकुबेर की है। वो धन की रक्षा करते हैं। धन क्या होता है, उसने पूछा था। यही सोना-चाँदी, आजी ने कहा था। पर यहाँ तो सोना-चाँदी है नहीं, उसने कहा था तो आजी बोली थी, अरे, नीर कौन धन से कम है! हाँ रे, ठीक तो है, यहाँ बैठे धनकुबेर ताल के नीर की रक्षा कर रहे हैं। जो हो, उसे पसंद बहुत हैं धनकुबेर। गोल-गोल मुख, गोल-मटोल पेट और, आइयो रामा, क्या हँसी! देखकर पेट फूल जाए। कितनी बार पानी भरते वह उनके सामने खड़ी होकर हँसती रहती है। हँसते वो भी हैं, अवश्य हँसते हैं, पर गुपचुप। देवता जो ठहरे!

कल की बात याद करके सहसा उसे एक भयावह विचार आया, उस स्त्री ने इतना ढेर सोना पहन रखा है। कहीं धनकुबेर नीर-ताल छोड़ उसकी रक्षा न करने लगें? उसने घबराकर मूर्ति की तरफ देखा। ना, वे तो वैसे-के-वैसे हँस रहे हैं। वे कहीं नहीं जाएँगे। फिर भी उसका मन पूरी तरह संतुष्ट नहीं हुआ। बेचैनी बनी रही। तभी फ़कीरप्पा तेजी से दौड़ता आया और अंजुली में भरकर गटागट पानी पीने लगा। दूसरे हाथ में ब्रेड पकड़े था।

''लेगी?'' गला तर करके उसने ब्रेड वाला हाथ नचाकर पूछा।

''तू ही खा, मुझे नहीं चाहिए, '' सोनम्मा ने कहा।

''क्यों? सब तो लेते हैं। तू क्यों नहीं माँगती?''

''चल यहाँ से, बदमाश! नीर भरने दे,'' वह झिड़ककर बोली।

'नीर' शब्द कहते ही ताल के आस-पास 'छी-छी' का स्वर गूँज गया, ''तुमलोग क्या यही पानी पीते हो!'' स्त्री का वाक्य, फिर 'छी-छी' का भद्दा शोर।

''बदमाश होगी तू,'' कह फ़कीरप्पा चल दिया, पर थोड़ी दूर जाकर लौट आया। पास आकर बोला, ''उसके पास कैमरा है कैमरा। बटन दबाते ही खट से फोटू खिंच जाता है। कहूँ उससे, तेरे पोंगल पोली का खींच दे?''

''जाता है या कपाल फोड़ूँ!'' सोनम्मा जोर से चीखी और झुककर जमीन से ढेला उठा लिया।

फ़कीरप्पा जीभ दिखाकर भाग गया और वह खीज से भरी खड़ी रही। जाने इस मरे फ़कीरप्पा से क्यों पोंगल पोली के बारे में कह डाला था। जब देखो, चिढ़ाता रहता है।

तभी उसने देखा, स्त्री-पुरुष उसके सामने से गुजर रहे हैं।

'नहीं चाहिए मुझे बरेड-फरेड,' मन-ही-मन उसने कहा और जीभ निकालकर उन्हें दिखला दी।

पर उनका ध्यान उसकी तरफ था ही नहीं।

वे ताल के दूसरी तरफ बिखरे मंदिरों के खंडहर देख रहे थे।

सहसा ''देखो तो, देखो तो!'' कहकर वह आदमी लगभग चीख उठा, ''वह घर तो देखो! यक्ष-यक्षिणी के कंधों पर।''

सोनम्मा धक् से रह गई। वह तो उसका घर है। वही तो उसके पोंगल पोली हैं।

स्त्री ठिठककर खड़ी हो गई।

''कितने सुंदर हैं!'' उसने गद्‌गद स्वर में कहा और उधर देखती रही। क्षण भर बाद हँस दी। चहकती हुई बोली, ''चालुक्यों के यक्ष-यक्षिणी मेरे द्वारपाल बन सकें तो सच, मैं और कुछ न

माँगू।''

''सच?'' पुरुष ने भी हँसकर कहा।

''सच, मजाक नहीं,'' स्त्री गंभीर हो गई, ''ये मुझे मिल जाएँ तो मैं एकदम सादा-सा घर बनाकर रह सकती हूँ।'' उसने आग्रह के साथ कहा।

पुरुष ने उसकी तरफ देखा और सोचकर बोला, ''शायद मिल भी सकें। जिसका घर है, उससे बात करके देखता हूँ।''

सोनम्मा ने सुना और झपटकर वहाँ जा पहुँची।

''क्या है?'' उसने कहा।

''यह घर किसका है?'' पुरुष ने पूछा।

''हमारा।''

''हम देख सकते हैं?''

''नहीं।''

''क्यों? भीतर और भी मूर्तियाँ हैं?''

''नहीं।''

वह सख्ती से उन्हें टालने का प्रयत्न कर रही थी कि फ़कीरप्पा वहाँ आ पहुँचा।

''आओ-आओ, मैं दिखलाता हूँ,'' बंदर की तरह उछलकर उसने कहा और उन्हें अंदर ले गया।

'मूर्ख! गधा! बदमाश!' मन-ही-मन उसे गालियाँ देती सोनम्मा वहीं खड़ी रही।

उसने सुना है, उसके घर के नीचे कभी मंदिर था। अब तो कुछ टूटे-फूटे स्तंभ बचे हैं। और बचे हैं उसके पोंगल पोली। उन्हीं पर मिट्टी-पत्थर ढोकर यह कच्चा-पक्का घर खड़ा किया गया है। कितने सुंदर हैं पोंगल पोली! बचपन में ही उसे इन यक्ष-यक्षिणी से प्यार हो गया था। वह चाहती थी, उन्हें कोई बहुत प्यारा-सा नाम दे, जिससे वे सिर्फ उसके होकर रहें। पता नहीं क्यों, एक दिन इस मरे फ़कीरप्पा से कह डाला था। फिर भी हैं वे उसी के। पोंगल पोली नाम उसी ने उन्हें दिए थे। पूर्णिमा के दिन उसकी अम्माँ खाने को पोली बनाती है और पर्व के दिन पोंगल। उसकी अम्माँ जैसा पोंगल कोई नहीं बना सकता। जाने कितने दिन पहले से आदमी सोचकर प्रसन्न होता रहे। और पोली? जैसे देवता का प्रसाद हो। कितनी कोमल! कितनी मीठी! याद करते ही मुँह में पानी भर आता है। तभी न अपने सबसे प्यारे यक्ष-यक्षिणी को उसने यही नाम दे

डाले थे।

कितनी सुंदर है यक्षिणी!

वक्ष भार से झुकी पड़ रही पतली कटि, नन्हे पक्षी-समान होंठ, ऊँचे बंधे मणि जैसे केश और ये ढेर सारे जेवर!

कितनी बार उसके बराबर में खड़े होकर उसने अपने को देखा है। क्या वह भी इतनी सुंदर दिखती है?

पर उससे भी सुंदर है यक्ष। क्या चौड़ी छाती है, पर पोली जैसी पतली कटि। कितने प्रेम से पोली की कटि को बाँह से घेरकर वक्ष पर हाथ रखा हुआ है। वैसा ही प्रेम भरा है उसकी लंबी-बड़ी आँखों में। और उसके होंठ! जैसे अब बोले और अब बोले। हाथ से छूकर देखो तो साँस रुक जाए। एक बार तो...

याद करके वह लजा गई और जोर से बोली, ''नहीं, मैं नहीं ले जाने दूँगी, कभी नहीं!''

वे लोग बाहर आ रहे थे। पुरुष खूब हँस रहा था। स्त्री गंभीर थी।

''क्यों, सोचा नहीं था न,'' पुरुष ने हँसकर कहा, ''भीतर दरजी की दुकान देखने को मिलेगी?''

''हूँ,'' स्त्री ने गंभीर स्वर में कहा, ''इसके लिए कुछ करना होगा। इन मूर्तियों को इस हालत में यहाँ नहीं छोड़ा जा सकता।''

फिर वे दोनों देर तक मंदिरों के बारे में बतियाते रहे, पर सोनम्मा ने ठीक से कुछ सुना-समझा नहीं। उसके कानों में वही वाक्य रह-रहकर बजता रहा।

'अभी कितनी बची है तुम्हारी थीसिस' या ऐसा कुछ, आदमी ने पूछा था और उसने कहा था, 'थोड़ा काम बाकी है, अभी पटडकल भी जाना है, वही तो चालुक्यों की राजधानी थी।' पुरुष ने उबासी ली तो वह बोली, ''थक गए, पर सोचो तो सही, यह कितना पुराना है, कितना सुंदर! अरे, यह तो मंदिरों का जन्मस्थान है!''

'और मेरा भी,' सोनम्मा ने अनायास सोचा।

तभी आदमी ने होंठ सिकोड़कर कहा, ''और अब देखो, क्या हाल बना हुआ है। उफ़, किस कदर गंदगी है यहाँ!''

''गरीब लोग हैं। इन बेचारों को कला का क्या ज्ञान? मुझे तो सच, बड़ा दुख होता है इनके लिए।'' स्त्री ने सहानुभूति से लरजते स्वर में कहा, पर सोनम्मा को लगा, उसने उसके गाल पर

कसकर तमाचा मारा है।

"हाँ, वह तो है," पुरुष ने लापरवाही से कहा, फिर पूछा, "चलें अब?"

"हाँ, चलो," स्त्री ने कहा और चूड़ी भरा हाथ उठाकर धीरे से अपने केश सँवार लिये।

सहसा सोनम्मा ने देखा, वह बिलकुल यक्षिणी के समान है। वही वक्ष भार से झुकी जा रही पतली कटि, वही नन्हे पक्षी समान होंठ, ऊँचे बँधे मणि जैसे केश, और ये ढेर सारे जेवर। यक्ष के बराबर में खड़ी हो तो उसकी प्रिया लगे बिलकुल। उसे लगा, पोंगल पोली को देने के लिए उसके बापू न भी माने तो कोई लाभ नहीं होगा। पोंगल स्वयं उठकर अपनी नयी प्रिया के पीछे-पीछे चला जाएगा।

वह धम्म से धरती पर बैठ गई और बिछोह के दुख से आकुल, धाड़ मारकर रोने लगी।

बाँसफल

छोटे बच्चे की तरह टक लगा, मेरी तरफ देखकर उन्होंने पूछा, ''सुना है, आजकल आँखों के अंदर शीशे लगा देते हैं। खूब बढ़िया दीखता है। क्या कहते हैं उन्हें?''

''कांटेक्ट लेंस,'' मैंने अखबार से नजर उठाए बिना अनमने भाव से जवाब दिया।

''हम लगवाएँ, तो कैसा रहे?'' उन्होंने पूछा तो जबरन मुझे ऊपर देखना पड़ा और देर तक उन्हें देखते रह जाना पड़ा।

सन जैसे पके सफेद बाल, झुर्रियों से भरा चेहरा, झुके कंधों के बोझ तले दोहरी होती जा रही कमर! कद-काठी से भरी जवानी में भी वे दबंग नहीं रही होंगी, पर आवाज उनकी अब तक दमदार है। मोटे शीशे जड़े चश्मे के पीछे से झाँकती आँखों में चमक ही नहीं, शरारत भी है।

''बाबू जी जब जिंदा थे, कहते थे, चश्मा न लगा होता तो हमारा चेहरा...'' लवलीन मुस्कान ने चेहरे की झुर्रियों पर लुनाई ला दी।

मेरे मन में गुदगुदी हुई। मैं समझ गई, बाबू जी से उनका मतलब अपने पिता से नहीं, पति से था। मैंने अंदाजा लगाने की कोशिश की कि भरपूर जवानी में बिना चश्मे, वह चेहरा कैसा लगता होगा, या कहना चाहिए, कैसा लग सकता था! उसके लिए जरूरी था कि उनका पूरा हुलिया बदलकर गढ़ा जाए। अभी मैंने उन्हें बिना किनारी की सफेद धोती की जगह शोख रंगीन साड़ी पहनाई थी कि आधी बनी तस्वीर तिड़ककर टूट गई। पास बैठा उनका आठ बरस का पोता चिचियाकर हँस दिया।

''इस उम्र में आप कांटेक्ट लेंस लगाएँगी, आप भी बस्स!'' एक बार फिर उसकी हँसी गूँजी, फिर मेरी तरफ घूमकर उसने अँग्रेजी में कहा, ''कितनी बेवकूफी भरी बातें करती हैं ये!''

''तुमसे बात नहीं कर रही मैं,'' उन्होंने रोबीली आवाज में कहा, ''और अँग्रेजी में जो तूने कहा, मैं समझ गई।''

आवाज में रोब के बावजूद उनका चेहरा दयनीय हो गया, झुर्रियाँ गहरा गईं, होंठ

हलके-हलके काँप उठे।

''चलिए, बाहर चलें।'' पोते ने कंधे झटककर मुझसे कहा, ''आपको अपना बगीचा दिखलाऊँ?''

''मैं यहीं बैठूँगी। तुम जाओ,'' मैंने कहा।

''दादी की बातों में बड़ा मजा आ रहा है आपको,'' उसने नाराजगी जाहिर करने के लिए फिर अँग्रेजी का सहारा लिया।

''तू बगीचा क्या दिखलाएगा,'' वे झिड़ककर बोलीं, ''देखभाल मैं करती हूँ, न कि तू!''

''देखभाल तो माली भी करता है,'' पोते ने कहा, ''उससे क्या? बगीचा मेरे पापा का है, आपका या उस फटीचर माली का नहीं,'' कहकर वह दन से बाहर भाग गया।

उनका नाटा, झुका बदन और सिकुड़ गया। चश्मे के शीशे धुँधले पड़ गए। फिर भी चिल्लाकर उन्होंने कहा, ''बदतमीज! मुझसे जबान लड़ाएगा तो ऐसा मजा चखाऊँगी कि याद रखेगा।''

पता नहीं, आवाज उस तक पहुँची या नहीं। दयनीय और खूँखार मुद्रा का मिला-जुला भाव उनके चेहरे पर तैर रहा था। मेरे हाथ से अखबार लेकर खुद को उन्होंने उसके पीछे छिपा लिया।

''एक बार चश्मा उतारिए तो,'' मैंने कहा।

''क्यों?'' उन्होंने गुर्राकर पूछा।

''देखें तो, बाबू जी को आपका कैसा चेहरा पसंद था!''

वह खिलखिलाकर हँस पड़ीं। बिलकुल बच्चों की तरह। उनकी हँसी में वह चिचियाहट नहीं थी जिससे उनके आठ वर्षीय पोते की हँसी बुढ़ा चुकी थी।

''उतारिए न!''

अखबार उन्होंने नीचे कर लिया। आँखें एक बार शरारत से चमकीं, फिर एकदम बुझ गईं। चश्मा तब तक वे उतार चुकी थीं।

जवानी में भी वे खूबसूरत नहीं रही होंगी। बस एक जिंदादिली थी, जो...

''बाबूजी कहते थे, औरतों का इस कदर बेहिसाब हँसना उन्हें कतई पसंद नहीं,'' वे कह रही थीं, ''पर क्या कहें, हमसे तो बिना हँसे कभी रहा नहीं गया। आजकल तो...''

''खाना लग गया।'' सूजा चेहरा लिये उनकी बहू सामने खड़ी थी।

''अरे...रे!'' उन्होंने कहा, ''हमसे कहा होता! हम पो देते रोटी।''

‘‘हो गया,’’ उसने कहा, फिर उनकी तरफ से चेहरा मेरी तरफ घुमाकर बमुश्किल मुस्कराहट ओढ़कर बोली, ‘‘चलो।’’

मेरे उठने से पहले उसका चेहरा दोबारा गंभीर हो चुका था।

‘‘चलो, चलो,’’ लबड़-धबड़ करती वे उठीं, ‘‘करेले बनाए हैं भरवाँ, पसंद हैं? और घिया-चने की दाल? बहू को तो हमारी पसंद नहीं,’’ वे हँसीं, ‘‘क्यों बहू, तुम्हारी सहेली भी तुम्हारी तरह चुग्गा चुगती है? हमारी बहू तो एकदम चिड़िया की तरह दाना चुगा करती है। थाली देखो, तो भरी-की-भरी तमाम। हमारी समझ में तो आता नहीं, बिना खाए आदमी कैसे चलता-फिरता है। खिलौना हो तो अलबत्ता...चाबी भर दो और चल पड़े ठुमुक-ठुमुक...क्यों भई, ठीक कहा हमने?’’ वे बोलती जा रही थीं और रह-रहकर हँसती जा रही थीं। उनकी बहू, यानी मेरी बचपन की सहेली बिलकुल गंभीर थी। मैं अवाक् एक से दूसरे के चेहरे पर नजरें घुमा रही थी। समझ नहीं आ रहा था, क्या ज्यादा दयनीय है, उनकी हँसी और चुलबुलापन या अभ्यास से सिद्ध की हुई उसकी चुप्पी।

‘‘अजय कहाँ है? अजय, ओ अजय!’’ मेज पर पहुँचकर उन्होंने पुकारना शुरू किया।

‘‘वह नहीं आएगा,’’ बहू ने कहा।

‘‘क्यों?’’

‘‘पता नहीं।’’

‘‘यह क्या बात हुई भला! मैं बुलाकर लाती हूँ।’’ वे उठकर पोते को बुलाने चली गईं।

‘‘पहले कुछ कह देती हैं, फिर पुचकारने का सिलसिला चलता है। इनकी वजह से बिलकुल बेशऊर होता जा रहा है,’’ मेरी सहेली ने कहा और निरासक्त भाव से भरवाँ करेले का सिरा तोड़कर रोटी के कौर में लपेटा। वही भरवाँ करेला, जिसका जिक्र करते हुए उनके चेहरे पर ललकती चमक आ गई थी। मैं कुछ देर रुकी रही, फिर मैंने शुरू कर दिया। पर उनके बिना मुझे मेज बेहद सूनी और उबाऊ लग रही थी।

दूसरे कमरे से दादी-पोते की तकरार का शोर आ रहा था। मैं जानती थी, मेरी सहेली ने ठीक कहा था। वे वहाँ न रह रही होतीं तो अजय इतना मुँहफट न होता। अपनी माँ के गांभीर्य के नीचे पब्लिक स्कूलों में पढ़ने वाले बच्चों की तरह ऊपरी तौर पर अनुशासित रहता। अनुशासित या घुन्ना, जो कहो। जेहनी तौर पर मेरी सहानुभूति सहेली के साथ थी, पर...

वे लौट आएँ तो माहौल इतना चुप्पा और बोझिल न रहे...भरवाँ करेले वाकई बढ़िया बने थे, मैं उनकी तारीफ करना चाहती थी...

थोड़ी देर बाद वे अजय को लेकर मेज पर आईं। कुरसी पर बैठते ही वह जोर से चिल्लाया, ''रोटी दो जल्दी, भूख लगी है; आलू दो ना, कर क्या रही हो!''

मेरी सहेली ने कठोर मुखमुद्रा के साथ दोनों चीज़ें उसे पकड़ा दीं। वह जल्दी-जल्दी आलू परोसने लगा, कुछ कटोरी के अंदर, कुछ कटोरी के बाहर। उसके आलू परोसते हाथ को छूकर उन्होंने ललककर पूछा, ''भरवाँ करेले लेगा?''

''नहीं!'' वह जोर से चिल्लाया।

''खा के तो देख! तेरे पापा को खूब पसंद हैं।''

''नहीं!'' वह और जोर से चिल्लाया।

''घिया-चने की दाल?''

''नहीं!''

''फिर क्या खाएगा?''

''आलू।''

''आलू भी कोई खाने की चीज है! बाबू जी तो हमारे, आलू बनाओ तो कटोरी उठाकर पटक दिया करते थे। कहते थे, अक्ल का इस्तेमाल नहीं कर सकती, बस धर दिए आलू पका के। दूँ दाल?'' कहकर उन्होंने दाल से भरी कटोरी उसकी थाली में टिका दी।

झन्न की आवाज के साथ कटोरी फर्श पर जा गिरी।

''रोज-रोज क्यों पकाती हो घिया-चने की दाल! अक्ल का इस्तेमाल नहीं कर सकतीं!'' वह चीखा, फिर खिलखिलाकर हँस दिया। विजय दर्प से भरी हँसी।

उनका चेहरा अपमान से लाल पड़ गया, पर सिर झुकाकर वे एक खिसियानी हँसी हँस दीं।

''उफ्!'' कहकर मेरी सहेली खाना छोड़ उठ खड़ी हुई और कमरे से बाहर चली गई। ''बर्दाश्त से बाहर है मेरे लिए,'' जाते-जाते उसने कहा। बुदबुद करके बहुत धीमे कहे गए शब्द मेरे कानों में पड़े तो उनके भी पड़े होंगे। पर उन्होंने कुछ कहा नहीं। वे एकटक अपने पोते को देखे जा रही थीं।

उनकी आँखों में जो भाव था, पूरी तरह मेरी समझ में नहीं आ रहा था। उसमें अपमान से उत्पन्न पीड़ा थी, आतंक था, पर साथ ही एक मुग्ध चाहत का भाव भी था।

“करेले बहुत अच्छे बने हैं,” बेवकूफ की तरह मैंने कहा।

उन्होंने जवाब नहीं दिया। वे अब भी अजय को देख रही थीं। धीरे-धीरे वह वापस अपनी कुरसी पर आ बैठा था। जो हो गुजरा था, उससे शायद कुछ सहम गया था। थाली पर नजर गड़ाकर चुपचाप खाना खाने लगा। जरा देर ठहरकर उन्होंने भी खाना शुरू कर दिया। मुझे लगा, दादी-पोते के बीच मूक समझौता हो गया है, युद्ध विराम का। लग रहा था, दोनों का पूरा ध्यान खाने पर है, पर अजय के चेहरे का घुन्नापन हर पल गहराता जा रहा था। खाना खत्म होने को आया तो सहसा उसने जोर से कहा, “पता है, पवन की दादी नौकरी करती हैं!”

उनकी तरफ से कोई जवाब नहीं आया, पर अपमान की काली छाया एक बार फिर उनके चेहरे पर मँडरा गई।

“अच्छा, क्या काम करती हैं?” अपनी समझ में विषय परिवर्तन में हिस्सा बँटाते हुए मैंने पूछा।

“खूब ऊँची पोस्ट पर हैं। पापा से भी ऊँची। दो हजार रुपया महीना कमाती हैं,” उसने कहा और कुटिल नजरों से उन्हें देखा।

‘नहीं, मेरा भ्रम है,’ मैंने सोचा। बच्चा केवल पीड़ादायक चुप्पी को तोड़कर संवाद स्थापित करना चाहता है।

“बहुत अच्छी बात है,” मैंने कहा, “तुम बड़े होकर क्या बनोगे?”

उसने मेरी बात का जवाब नहीं दिया। वह बराबर अपनी दादी को देख रहा था।

“पवन के दादा जी उन्हें बहुत प्यार करते हैं,” उसने कहा।

उनका चेहरा विवर्ण हो गया।

“आपकी तबीयत तो ठीक है?” मैंने घबराकर पूछा।

उन्होंने जवाब नहीं दिया। थाली पर रखे अपने काँपते हाथों को उठाया और आँखों से चश्मा उतार लिया। धोती के पल्लू से उसके शीशे साफ करने लगीं।

“हा-हा-हा!” अजय हँस पड़ा, “कांटेक्ट लेंस लगाओगी दादी?” उसने कहा, “चश्मे के बिना तुम्हारा चेहरा कितना सुंदर दिखता है!”

उसके स्वर में व्यंग्य था जो मेरी समझ से परे था। उनकी प्रतिक्रिया भी अपेक्षित नहीं थी। इस बात से उन्हें खुश होना चाहिए था, पर वे गुस्से से उफनती हुई ‘चुप बदतमीज’ कहकर उसकी तरफ बढ़ आई थीं। वह कूदकर खड़ा हो गया और उन्हें अँगूठा दिखलाकर दौड़ता हुआ

बाहर निकल गया। उसके बगीचे में दौड़ जाने से भी उनके हौसले पस्त नहीं हुए। लतर-पतर करतीं उसके पीछे दौड़ पड़ीं। पर उसकी जवान टाँगें उन्हें हाँफता छोड़ दूर निकल गईं। बकती-झींकती वे क्यारी की मुंडेर पर पसर गईं। कुछ देर हाँफते रहने के बाद खुरपी उठाकर बेमतलब उसकी खुदाई करने लगीं। जब मैं उनके पास पहुँची, वे जोर-जोर से जमीन पर खुरपी मारती हुई बुड़बुड़ा रही थीं।

''छोड़िए इसे,'' मैंने कहा, ''चलिए, अंदर चलकर गप्पें मारें।''

उन्होंने मेरी तरफ नहीं देखा और न उठने की कोशिश की।

''अजय ने कुछ बुरा तो नहीं कहा। बाबू जी भी यही कहा करते थे न?'' मैंने उन्हें गुदगुदाने की कोशिश की।

उनके हाथ से खुरपी छूट गई। बुड़बुड़ाना थम गया। और कोई होता तो उसकी आँखों में आँसू उमड़ पड़ते, पर उनका चेहरा हँसी से विकृत हो गया।

''सच तो यह है बेटी,'' बुझी आँखों से हँसते हुए उन्होंने कहा, ''उन्हें हमारा चेहरा कभी पसंद नहीं था,'' कहकर वहशियों की तरह उन्होंने क्यारी को खुरपी से खोदना शुरू कर दिया। पसीने से तरबतर, पर हँफनी पर भरसक काबू रखते हुए कड़क आवाज में बोलीं, ''यहाँ धूप में क्यों खड़ी हैं? जाइए, अंदर जाकर आराम कीजिए। आ रहे हैं हम भी।''

मुझे हटना पड़ा। बरामदे तक पहुँची कि देखा, कहीं से आकर माली उनके पास प्रकट हो गया है।

''इस क्यारी को हम गोड़ चुके। क्यों बेकार खुरपी चला रही हैं?'' उसने कहा।

''चुप!'' वे गरजीं, ''हमसे जबान न चलाना, कह दिया हमने। किसी के भरोसे नहीं पड़े हम। जमीन-जायदाद सब है हमारी!''

''तो वहीं जाकर रहो न माँ जी!'' माली ने लापरवाही से कहा।

''वहीं रह रहे हैं,'' उन्होंने कहा, ''एक बेटा है तो सब उसी के नाम करेंगे कि नहीं? बाबू जी कहा करते थे...'' पलक मारते उनकी आवाज अपना तमाम रुआब खोकर दयनीय और कमजोर हो आई, ''औरत को किसी-न-किसी के भरोसे रहना पड़ता है, पिता, पति या...'' वे हड़बड़ाकर उठीं और जोर से पुकार उठीं, ''अजय! कहाँ है रे अजय? आज तेरी सारी हेकड़ी निकालकर रहूँगी।''

''उफ्!'' मेरे कानों में पड़ा, ''लड़के को चौपट करके रहेंगी ये।'' पता नहीं कब, मेरी सहेली

आकर मेरे पास खड़ी हो गई थी।

दूर मैदान से सरपट भागता हुआ अजय आया और हम दोनों के बीच दुबककर खड़ा हो गया।

आक्रामक मुद्रा में वे बढ़ी चली आ रही थीं कि अजय को हम दोनों के बीच सुरक्षित खड़ा देख, हकबकाकर रुक गईं। उनके चेहरे पर कई तरह के भाव उभरकर आए और गायब हो गए। फिर वे हँस दीं।

''आ, आ,'' उन्होंने कहा, ''भुट्टा खाना हो तो इधर आ। बगीचे में देख आई हूँ, दो लगे हैं, ये बड़े-बड़े!''

क्षण भर को अजय झिझका।

''कोई जरूरत नहीं है रोज-रोज भुट्टा खाने की!'' मेरी सहेली ने सुस्त स्वर में डाँटा तो वह और नहीं हिचकिचाया। दौड़कर उनके पास पहुँच गया।

''बढ़िया भूनना,'' उसने कहा, ''कच्चा छोड़ देती हो तमाम।''

चश्मे को आँखों पर अच्छी तरह बिठलाकर उन्होंने उसे घूरकर देखा और बोलीं, ''अरे जा बदमाश, हुक्म चलाना औरों पर! हम अपने मन की करते हैं। खुद मुख्तार हैं, खुद मुख्तार। तीस बरस हो गए...'' हाथ में थमी खुरपी तेजी से घुमाकर उन्होंने दूर फेंक दी। वह ठक से जाकर बेखबर खड़े माली के पैरों के पास गिरी।

''क्या करती हैं माँ जी!'' वह जोर से चीखा, ''लग जाती तो?''

वे खिलखिलाकर हँस पड़ीं, ''ठीक कर दिया बड़बोले को!'' उन्होंने किलककर कहा। अजय भी ताली बजाकर उनके साथ हँस रहा था। इस वक्त उसकी हँसी में चिचियाहट नहीं थी।

नहीं

यह टूँडला का स्टेशन है। जनता गाड़ी यहाँ काफी देर रुकेगी। पूरे दस मिनट। पर उसका यह मतलब नहीं है कि खेमू उसमें चढ़ने के लिए उसके पूरी तरह रुकने का इंतजार कर सकता है। अंदर घुसने में देर की तो अपना ही नुकसान है।

दूर से झिलमिल करती बत्तियों को देखते ही वह बोतलों की पेटी सिर पर उठा, लंगूर वाली छलाँग लगाने को, कमर कसकर खड़ा हो गया। मुँह से सुरीली पुकार आपसे आप निकल पड़ी, "पेप्सी! कोला! मिरिंडा!" छुक-छुक करती गाड़ी के पास आने के साथ उसकी आवाज ऊँची होती गई। गाड़ी के भीतर घुसकर पेप्सी-कोला की बोतलें बेचने वाला वह अकेला तो है नहीं। श्यामू, बरखू भी पेटियाँ सँभाले कूदने को तैयार खड़े हैं। यहाँ आवाज का मीठा नहीं, दमदार होना जरूरी है। जो ज्यादा जोर से चिल्लाएगा, फुर्ती से बोतलों की टोपियाँ उड़ाएगा और भागकर यात्रियों को पकड़ाएगा, वही बाजी मार ले जाएगा। जिसकी बिक्री ज्यादा, वही बादशाह। उसको भरपेट रोटी, बाकियों को लात-घूँसे।

सबसे जरूरी है, एक छलाँग में चलती गाड़ी के भीतर चढ़ना। उसके बापू ने एक यही हुनर उसे सिखलाया है। भरी बोतलों की पेटी सिर पर सँभालकर, एक छलाँग में चलती गाड़ी के भीतर चढ़ना। गाड़ी के रुके रहते फटाफट ग्राहक साधना। खाली बोतलों की पेटी उठाकर, उसी फुर्ती से चलती गाड़ी से नीचे कूदना। गाड़ी की चाल के साथ बदन का तालमेल बिठलाने में जरा चूक हुई और काम तमाम! गाड़ी के नीचे पटके जाओ तो भगवान को प्यारे हो। पटरी पर न गिरकर प्लेटफॉर्म पर गिरो तो नाक-दाँत टूटें सो टूटें, ऐसा हो नहीं सकता कि बोतल एक न टूटे। एक भी बोतल टूट जाए तो मालिक लात-घूँसों से वह खातिर करता है कि मुँह से यही विनती निकलती है कि हे भगवान! इससे तो रेल की पटरी पर गिरता, एक बार में दम निकल जाता।

पर ऐसे मौके कम आते हैं। बचपन से उसका बापू उसे चलती गाड़ी से चढ़ने-उतरने का गुर सिखलाता आ रहा है। अब तो वह ग्यारह साल का जवान हो चला। सात बरस का था, तभी से

टूण्डला

बापू उसे एक हाथ से उठाकर, कोयले की बोरी की तरह, चलती रेलगाड़ी के भीतर फेंक देता था। और डपटकर कहता था—उतर नीचे! उस लोहे के दानव के पेट में हिचकोले खाते, उसकी घिग्घी बंध जाती। राक्षस की रफ्तार बढ़ती जाती और उसे लगता, वह उसे अपने शहर से दूर भगा, बिना डकार हजम कर जाएगा।

अजनबी शहर में खोने का भय, नीचे गिरकर चोट खाने के भय पर विजय पा लेता और वह जैसे खुद को धक्का देकर नीचे गिरा देता।

नीचे खड़ा बापू उछलकर उसका हाथ थाम लेता और अपने साथ दूर तक दौड़ा ले जाता। फिर पीठ पर दो धौल जमाकर कभी प्यार से, कभी गुस्सा होकर समझाता कि नीचे कूदकर, कुछ दूर तक गाड़ी के साथ दौड़ते रहना चाहिए। नहीं तो मुँह के बल ऐसे गिरेगा कि दाँत टूट जाएँगे। रेल के पहियों के नीचे पिसकर मरा नहीं तो गनीमत।

दूर से आती रेलगाड़ी की धुक-धुक सुनकर उसकी जान सूख जाती थी। 'आज रहने दे बापू!' वह रिरिया उठता था, 'बस इस बार रहने दे। इस दफा मत फेंक राक्षस के पेट में! कल फेंक दियो। बस आज माफ कर दे!' पर बापू एक नहीं सुनता था। गाड़ी का टेम होने से पहले उसे घसीटकर प्लेटफॉर्म पर ला खड़ा करता। दूर से भक-भक करती बत्तियों को देखकर, उसके पैर वहाँ से भागना चाहते। पर हाथ बापू के हाथ की फौलादी जकड़ में होता। इतनी ताकत उसके बदन में नहीं होती कि हाथ छुड़ाकर भाग सकता। लाल आँखें तरेरता, मुँह फाड़े, दैत्य पास आता जाता...वह रो पड़ता। उसकी सिसकियों की आवाज रेलगाड़ी की चिंघाड़ के नीचे दब जाती।

धीरे-धीरे आदत पड़ गई थी। अब कोई उसे खड़ी गाड़ी में चढ़ने को कहे, तब भी वह दूर से दौड़ लगाता आए और छलाँग लगाकर भीतर कूदे। उसके और राक्षस के बीच समझौता हो चुका है। अब धुक-धुक करती गाड़ी आती है तो खेमू उसके सुर-में-सुर मिलाकर पेप्सी-कोला की तान छेड़ देता है। अब खेमू को लोहे के पेंच से बोतलों की टोपियाँ उड़ाने में मजा आने लगा है, जैसे गुलेल से मारकर नीम के ऊँचे पेड़ से निबोलियाँ गिरा रहा हो। वाह! खेमू से बाजी मारना आसान काम नहीं। जितनी देर में श्यामू-बरखू छह बोतलें खोलते हैं, खेमू दस पार लगा देता है।

दस बजने को आए। जनता गाड़ी आज फिर लेट है। टेम से नहीं आती तो दिल धक-धक करने लगता है। सबसे ज्यादा बिक्री इसी गाड़ी में होती है। टूँडला पहुँचने का वक्त रात नौ बजे का है। यात्री खाना खाकर प्यास बुझाने की फिक्र में होते हैं। बोतलें धड़ाधड़ बिकती हैं। पर

गाड़ी देर से आती है तो स्लीपर डिब्बों में आधे से ज्यादा यात्री, ऊपर वाली सीटों पर पहुँचकर सो चुके होते हैं। या सोने की तैयारी में होते हैं। उस वक्त पेप्सी-मिरिंडा की पुकार मचाने पर, उसे गालियों के सिवा कुछ नहीं मिलता। यह गवर्नमैंट टेम से रेल क्यों नहीं चलाती? आज का दिन अकारथ हो जाएगा। बोतलों का मालिक बिक्री के हिसाब से पैसे देता है, दस बोतलों पर बीस पैसे। दिन भर की मेहनत के बाद एक-दो रुपये रोज कमा लेता है। पर जिस दिन इस गाड़ी में बिक्री नहीं होती पेट भरना मुश्किल होता है। आज पेट में वैसे ही चूहे कूद रहे हैं। सुबह एक रोटी नसीब हुई थी। आटा हो तो रोटी दूँ, अम्माँ ने कनस्तर झाड़कर दिखला दिया था। दिन की कमाई से अम्माँ खरीद भी लाई होगी तो खाली हाथ जाने पर देगी नहीं। कहेगी, कल क्या मेरा मूड खाओगे!

उसने गाली मुँह से उछाली थी कि रोशनी के चौकोर टुकड़े अपनी तरफ आते देखे। सब कुछ भूलकर वह गाड़ी के भीतर कूदने को तैयार हो गया। टिमटिम करता डिब्बा उसके सामने से गुजरा और वह 'ठंडा पेप्सी! कोका कोला! ठंडा कोला!' की गुहार मचाता भीतर पहुँच गया। अंदर घुसते ही उसने देखा, नीचे की सीट पर दस-बारह आदमी बैठे ताश पीट रहे हैं। वह खुश हो उनकी तरफ बढ़ गया। देखा, निचली सीटों पर और जगह भी ताश जमा हुआ है। ऊपर की सीटों पर लोग सो जरूर रहे हैं, पर सब नहीं। बच गए, हो जाएगी बिक्री। एक पेटी भीतर रखकर वह दूसरी भी अंदर घसीट लाया और जोर से आवाजें लगाने लगा। उसकी पुकार सुनकर ऊपर लेटे लोग कुनमुनाए जरूर, पर किसी ने उसे फटकारा नहीं। ताश खेल रहे नौजवानों में से एक ने उसकी नकल उतारते हुए नकियाकर दोहराया, ''ठंडा कोका-कोला!'' बाकी युवक खी-खीकर हँस दिए। उसने बुरा नहीं माना। मसखरे के अंदर उसे ग्राहक की सुगंध आ रही थी। वह भी खी-खीकर हँस दिया और बोतलों के सिर उड़ाता, उनकी तरफ बढ़ गया।

''पीजिए साब, ठंडा पेप्सी! कोका कोला! मिरिंडा!'' उसने जोशीली आवाज में कहा।

''चल खोल दे पाँच बोतल। तू भी क्या याद करेगा!'' दूसरे नौजवान ने कहा और खेमू फटाफट बोतलों के सिर उड़ाने लगा।

''इधर ला दो मिरिंडा। ठंडे दीजियो। जल्दी कर!'' दूसरी सीट से आवाज आई और खेमू उधर मुड़ गया।

फिर...'एक पेप्सी! दो कोका-कोला! एक मिरिंडा!' की आवाजे उठीं और खेमू डिब्बे के एक सिरे से दूसरे तक, लट्टू की तरह लुढ़कने लगा।

माथे से चू रहे पसीने और गरमी से सूख आए गले की परवाह किए बगैर, वह बड़ी खुशमिजाजी से लोगों की प्यास बुझाता रहा। डिब्बे के दूसरे सिरे तक भरी बोतलें बाँटकर, उसने पहले सिरे से खाली बोतलें समेटनी शुरू कीं और पेटी में जमाने लगा। किस्मत से पैसों को लेकर आज खास किटकिट नहीं हुई। कभी-कभी बहुत परेशान होना पड़ता है। दो रुपये की बोतल के लिए हर आदमी दस का नोट पकड़ाता है और छुट्टे पैसे की माँग करता है। इतना छुट्टा उसके पास कहाँ से आएगा? मालिक से कहने का फायदा नहीं है। कान पकड़कर मसल देता है और धक्का मारकर दूर फेंक देता है। 'बीस रुपये का छुट्टा पकड़ा दूँ तुझे जुआ खेलने को!' वह कहेगा, चाहे खेमू अपनी ग्यारह बरस की लंबी ज़िंदगी में एक दिन भी जुआ न खेला हो।

खैर, आज काफी लोगों ने छुट्टा दे दिया। वह बिजली की तेजी से बोतलें उठाता, पैसे जमा करता, डिब्बे के अंतिम सिरे पर जा पहुँचा। जल्दी-जल्दी बोतलें पेटियों में जमाईं तो देखा एक बोतल कम है। पैसे गिने तो पाया, एक बोतल के नहीं मिले हैं। वह तेजी से वापस पलटा और "बोतल? बोतल?" कहता एक ग्राहक से दूसरे के पास दौड़ लगाने लगा। बोतल नहीं मिली, हाँ फटकार बेहिसाब मिली।

"साब, एक बोतल होगी? बाबू जी, जरा देखना मेरी बोतल? लाला जी, मेरी बोतल?" वह जितना घिघियाकर बोलता, लोग उतना ही डपटकर कहते, "चल हट! दे तो दी बोतल। दिमाग मत चाट। हट यहाँ से!"

गाड़ी धीरे-धीरे आगे सरकने लगी। वह यात्रियों के पास जा, हाथ जोड़कर विनती करने लगा, "साब, मेरी बोतल ली हो तो बतला दो, किसने ली थी एक बोतल? बतला दो लाला जी, दे दो मेरी बोतल!"

"अरे, अब नीचे भी उतर," एक नौजवान ने चिल्लाकर कहा, "गाड़ी चल पड़ी है। एक बोतल के मारे दूसरे स्टेशन का टिकट लेगा क्या?"

खेमू बेहद घबरा गया। अब क्या करे? भरी बोतल के पैसे मिल जाने के बाद भी अगर खाली बोतल टूट जाती है तो मालिक मार-मारकर अधमरा कर देता है। अब तो भरी-की-भरी बोतल गायब है। पाँच रुपये दाम पेप्सी के और बोतल के...! दो दिन की कमाई के पैसे काटकर भी उसका पेट नहीं भरेगा। बिना पैसे लिये घर पहुँचेगा तो बापू भी मारे बगैर नहीं छोड़ेगा। घबराकर उसने उसी नौजवान के पाँव पकड़ लिये।

"टिकट मैं कहाँ से लूँगा, बाबू साब! मेरी बोतल दिलवा दो, नहीं तो मालिक बड़ी मार मारेगा!"

‘‘अरे वाह!’’ नौजवान ने पैर झटककर कहा, ‘‘मैं कहाँ से दिलवा दूँ? जरा हमदर्दी दिखलाई नहीं कि पीछे पड़ गया। चल हट यहाँ से!’’

‘‘वाह बे,’’ मसखरे नौजवान ने हँसकर कहा, ‘‘बोतल खुद पी गया और पैसे हमसे माँग रहा है!’’

‘‘मैं कहाँ पी गया, बाबू जी,’’ वह फट पड़ा, ‘‘मेरी तो बोतल-की-बोतल गायब है।’’

‘‘तब तो जरूर पीपल वाला भूत ले गया होगा,’’ दूसरे नौजवान ने छींटा कसा। ताश पर जमे तमाम युवक ठहाका मारकर हँस दिए।

सहसा खेमू ने उनकी हँसी से आश्वस्त महसूस किया। ऐसे हँस रहे हैं तो जरूर इन्हीं लोगों ने बोतल छुपाई होगी, ठिठोली करने को। शायद उनकी टोली बारात में जा रही है। बाराती लोग रेल के सफर में हँसी-ठिठोली करते चलते हैं, उसने कई बार देखा है। तब तो मिल जाएगी बोतल। कुछ देर उसे सता, खिजाकर ये लोग अपना मनोरंजन करेंगे, फिर बोतल लौटा देंगे। कोई बात नहीं। वह अगले स्टेशन से लौट आएगा। बिना टिकट सफर करने की उसे आदत है। रात के वक्त कोई चेक नहीं करेगा। उसने आगे बढ़कर, मसखरे युवक की बाँह दोनों हाथों से थाम ली और मिन्नत करता हुआ बोला, ‘‘साब, जमींदार साब, मुझ पर दया करो, आपने छुपाई है तो लौटा दो मेरी बोतल, मैं आपके पाँव पड़ता हूँ,’’ कहकर उसने उसके घुटनों पर हाथ रखा और दिल लगाकर उसके पैर दबाने शुरू कर दिए। बाकी के युवक ठहाका मारकर हँसे और मसखरा बुरी तरह खीज उठा। धक्का देकर उसने खेमू को दूर फेंक दिया और बोला, ‘‘परे हट! हिम्मत तो देखो, हम क्यों छुपाएँगे तेरी बोतल?’’

‘‘झटक क्यों दिया, यार,’’ दूसरा नौजवान बोला, ‘‘मजा आ रहा था डायलॉग में।’’ एक ठहाका डिब्बे को गुँजाकर निकल गया।

इस बेदर्द ठहाके की मार से खेमू तिलमिला गया। यह ठिठोली नहीं, निर्दयी मार थी।

‘‘मेरी बोतल दो!’’ वह चीखा। अब उसकी आवाज में रिरियाहट नहीं, आक्रोश था, ‘‘बच्चे को सताओगे तो भगवान तुम्हें सजा देगा। गरीब की हाय खाली नहीं जाती। किसने ली है मेरी बोतल? दो, वापस दो!’’

‘‘यार,’’ मनचला युवक बोला, ‘‘डायलॉग वाकई काफी फिल्मी बोल लेता है। लो तुरुप।’’ उसने पत्ता फेंका और बाजी समेटने लगा।

‘‘च्च-च्च, मेरे अमिताभ बच्चन,’’ दूसरे ने कहा, ‘‘काफी एक्टिंग हो गई। अब कोने में जाकर बैठ, नहीं तो दो झापड़ दूँगा थोबड़े पर।’’

''गरीब पर जुल्म मत करो, बाबू जी! मैं कह रहा हूँ, पछताओगे। दे दो मेरी बोतल!'' वह जोर से चीखा।

नौजवान तालियाँ पीटकर हँस दिए।

तभी ऊपर वाली सीट पर लेटी औरत झटके से उठकर बैठ गई और चिल्लाकर बोली, ''क्या बात है, क्यों इतना शोर मचा रखा है! सोने क्यों नहीं देते?''

''बीबी जी,'' खेमू ने कहा, ''इन्होंने मेरी बोतल छुपा दी है। माँगता हूँ तो देते नहीं।''

''किसने छुपाई है?''

खेमू ने नौजवानों की तरफ देखा, वे खूँखार नजरों से उसे घूर रहे थे। उनका नाम लेते वह डर गया। ''मालूम नहीं,'' उसने सुबककर कहा, फिर ऊँची आवाज में चिल्लाया, ''किसके पास है मेरी बोतल? बोलते क्यों नहीं?''

''अब क्या सारी रात तू इसी तरह चिल्लाता रहेगा?'' औरत ने डपटकर कहा।

''तो क्या करूँ? मेरी बोतल...''

''अरे चुप, बोतल के बच्चे! रात के ग्यारह बजे कोई टाइम है बोतलें बेचने का?''

''जब गाड़ी रुकेगी तभी तो बेचूँगा,'' वह रो दिया, ''बिना बोतल लिये जाऊँगा तो मालिक मारेगा। अरे, दे दो न मेरी बोतल!'' वह दम लगाकर चीखा।

''ओफ्फोह, लगता है यह लड़का रात भर सोने नहीं देगा। कितने की थी तेरी बोतल?'' औरत ने कहा।

''पाँच रुपये की पेप्सी और एक रुपये की बोतल। छह रुपये कहाँ से लाऊँगा मैं?''

''क्या मुसीबत है,'' और बड़बड़ाई, ''पता नहीं रेलवे वाले इन यतीमों को गाड़ी के अंदर आने क्यों देते हैं। ले, यह छह रुपये और फूट यहाँ से!''

अचरज के साथ खेमू ने देखा, वह औरत पाँच का एक नोट और एक रुपया का सिक्का उसकी तरफ बढ़ा रही है।

''क्या?''

''ले ये रुपये और भाग यहाँ से। तेरी चिल्लपों ने सारी नींद उचाट कर रख दी। ले!''

खेमू एकटक उन्हें देखता रहा। छह रुपये! मालिक की मार से बचने का ताबीज! देवी माँ का परसाद! उसने मुँह उठाकर औरत का चेहरा पढ़ा। जैसे चमड़े की पेटी की मार उसके बदन पर पड़ी हो। कैसा है यह मुँह? जैसे मानुष का न होकर पुतले का हो। सहानुभूति का नामोनिशान न

था। खीज, ऊब और नफरत से आँख, मुँह, होंठ सने हुए थे।

''ले, लेकर फूट, या सारी रात चिल्लाता रहेगा?'' औरत ने फिर कहा।

''नहीं!'' सहसा उसके मुँह से निकला, ''मुझे रुपये नहीं, अपनी बोतल चाहिए। बोतल लिये बिना मैं नहीं जाऊँगा। रखो अपने रुपये!''

उसकी तरफ पीठ करके, वह पहले से भी ऊँची आवाज में चिल्लाने लगा, ''मेरी बोतल किसने चुराई है? देनी पड़ेगी मेरी बोतल! लिये बिना नहीं जाऊँगा। नहीं!''

अनाड़ी

सुवर्णा ने बाई की आँखों में आँखें डाल ठसके के साथ कहा, ''पाव नको।'' अब यह रोज का नियम है। पिछले दस दिनों से सुवर्णा इसी तरह कहती आ रही है, ''पाव नको।'' फिर भी बाई पूछती जरूर है। क्या जाने ले ही ले।

''चपाती?'' बाई ने मीठे स्वर में पूछा।

''नको,'' सुवर्णा ने फिर कहा।

बाई के मस्तक पर बल पड़ गए। ''चपाती नको। पाव नको। क्या खाएगी, मेरा सिर?''

बाई नवी-नवी बंबई आई है। मराठी नईं जानती। और सोचती है कि सुवर्णा हिंदी नईं जानती। उसकी तरह एकदम नईं। बुद्धू। जानती नईं सुवर्णा कित्ती फिलमें देखती है। है न टी.वी. हरेक बाई के घर में। पर सुवर्णा क्यों बतलाने जाए। समझे अनाड़ी। सुवर्णा जानबूझकर मराठी बोलती है उससे। भेजा खराब हो जाता है बाई का, समझने में।

है बाई खूब घुन्नी। हिंदी में गाली देकर बात करेगी तो मुख पर ये मोटी मुस्कान बनाए रखेगी। आलसिन जो ठहरी। झाड़ू-फटके वाली बाई बिगैर काम नईं न चल सकता।

''अरे बोल, क्या खाएगी?'' बाई ऐसे बोली जैसे घुमाकर थप्पड़ मार रही हो मुँह पर। पर होंठ पर वोई मोटी मुस्कान।

सुवर्णा डरने वाली नईं। तनकर बोली, ''बिस्कुट।''

''बिस्कुट!'' बाई की मुस्कान गायब, जैसे बत्ती गुल। सिनेमा के अंदर जैसे, एक बार गई थी न सुवर्णा। तब पढ़ती थी इस्कूल में। बप्पा की छँटनी होने से पहले। टीचर बाई ले के गई थी क्या तो फिल्म दिखाने। एकदम बेकार। फिल्म ना। पर मजा आया था फिर भी जाने में। बप्पा की छँटनी क्या हुई, सब छूट गया। पता नईं फैक्टरी में क्या तो हुआ कि बप्पा का काम नईं रहा। पूछो तो मारने को दौड़ते हैं बप्पा, छड़ लेकर। अकेले बप्पा थोड़ा हटे, सब्बी तो छुटा दिए। आई तीन छोड़ पाँच घर में झाड़ू-फटका करने लगी। साथ में सुवर्णा, भांड़े मलने को। आठ बरस की थी तब। अब

तो बारह की हो चली। कित्ती तो जिनगी बीत गई। फिर भी मन करता है न इस्कूल जाने को, साथ की छोकरी-सहेली से खेलने को, झूला झूलने को, बिस्कुट-दूध खाने को...।

''बिस्कुट खाएगी, वाह!'' उसने सुना, बाई कह रही है, ''कभी खाई है पहले?''

सुवर्णा टक लगाकर उसे देखती रही।

बाई ने इधर-उधर टटोला। एक डिब्बे से बासी भजिया निकालकर बोली, ''भजिया खाएगी?''

''नको,'' सुवर्णा ने कहा, ''बिस्कुट।'' एकदम फिल्मी हीरो की माफिक।

पल भर बाई डिब्बा और भजिया पकड़े बिटर-बिटर उसे ताकती रही। लगा, पकड़कर पिटाई लगा देगी। फिर भजिया डिब्बे में पटक, दूसरे डिब्बे से दो बिस्कुट निकाल उसे थमा दिए, बोली, ''ले मर!''

सुवर्णा ने बिस्कुट ले लिये।

''कल जल्दी आना, सुबह-सकाले। जल्दी...जल्दी,'' बाई ने हाथ हिलाकर जताया।

सुवर्णा हँस दी। हाँ करो, बिस्कुट की वसूली।

ये लोग भी अजीब होते हैं। एक दिन अपने एक घर के भांड़े मलने पड़ें तो मर लेंगे। और

सुवर्णा है कि अकेले पाँच घरों का अक्खा काम निबटा देती है।

एक ये बाई है, दरवाजा खोलेगी तो ये मोटी मुस्कान फेंकेगी, जैसे सामने सुवर्णा नईं अमिताभ बच्चन खड़ा हो। अनाड़ी देखे तो खुश हो जाए। आह, क्या प्यारभरी बाई है। पर सुवर्णा अनाड़ी नईं न है। खूब समझती है इन मतलबियों के प्यार-दुलार को।

वो दिवस काम पर आई नवी-नवी तो सेठ कितने तो प्यार से बोला, ''ले सुवर्णा, पहले केला खा ले, फिर काम करना।''

सुवर्णा ने चुपचाप केला ले लिया था। सेठ मिनट भर टक लगाए उसे देखता रहा था, फिर बाई से बोला था, ''इतनी छोटी लड़की को काम नईं न करना चाहिए।''

''हाँ,'' बाई बी साँस खींच दी थी, ''बाप का काम छूट गया, माँ अकेली क्या कैसे सँभाले!''

''सब यूनियन वालों की कारस्तानी है। इतना तो सोचें कि काम है तो सब कुछ है। उन्हें तो अपना उल्लू सीधा करना है। कहीं हड़ताल करवाएँगे, कहीं कुछ। उन्हें तो लीडरी चलानी हुई, भुगतें-मरें गरीब मजदूर। अब हो गई न छँटनी!''

ये सेठ लोग येई कहते हैं। सुवर्णा की समझ में नईं आता।

हड़ताल से पहले जो सेठ बस्ती में आता था, वो कहता था, हक माँगोगे तब्बी ना मिलेगा। डरो मत, क्या दिया तुम्हें फैक्टरी ने, बस खून की उल्टी, टी.बी. की बीमारी, और क्या!

मिलता माँगने से है, इतना तो सुवर्णा भी जानती है, पर पता होना चइये, कितना माँगना है, कितना नईं। सुवर्णा जानती है तो वो लोग क्यों नईं जान पाए।

''बेचारी लड़की! हो गई इसकी तो ज़िंदगी चौपट,'' सेठ बोला था।

''बेचारी!'' बाई भी बोल दी थी।

अच्छा नईं लगा सुवर्णा को। अच्छा नईं लगता उसे 'बेचारी-बेचारी' सुनना।

इतना तरस आ रहा है तो भेज दो ना इस्कूल। करवा दो उसकी पढ़ाई-लिखाई का इंतजाम। ना, वो इनके बस का नईं। फिर कौन करेगा झाड़ू-फटका, कौन मलेगा भांड़े। च्च! और ये बेचारी-बेचारी बी कितने दिन करेंगे। मक्कार! मतलब पड़ा तो थमा देंगे केला या पाव। नईं चइये सुवर्णा को। उसे चइये बिस्कुट। जब तक मिले।

खूब होशियार है सुवर्णा। जो मिलता है, फौरन लेती है। कौन जाने, कब मन पलट जाए इनका।

बाई है मजे वाली। क्या-क्या लगाती है मुँह पर, जैसे वो फिलम वाली बाई लोग। सुवर्णा

लगाए तो? सच, एकदम रेखा के माफिक दीखे। और ये बाई! फिक्क करके सुवर्णा हँस दी।

पर बाई के सामने नईं हँसती वो। बड़ी आरसी के सामने बैठी बाई साज-सिंगार करती है तो सुवर्णा टक लगाकर देखती है। बाई मना नईं करती। सोचती होगी, कित्ती खूबसूरत लगती है। तब्बी ना देख रही है सुवर्णा। उसकी तरफ ताककर क्या मोटी-मोटी मुस्कान फेंकती है और सुवर्णा बी तो हँस-हँसकर देखती है बाई को, और आरसी में खुद को, पाउडर-लाली लगाए। आहा, क्या सुंदर दिखती है सुवर्णा!

पर मुँह पर पाउडर-लाली लगाओ तो आरसी चाहिए देखने को। सबसे अच्छा लगता है सुवर्णा को नख रंगना—कभी लाल, कभी गुलाबी, कभी नारंगी। हाथ आगे करो और देख लो। गोरी लंबी उँगलियों पर झक-झक करता रंग। रहता नईं न जास्ती दिन भांड़े मलने में। आई से कहा लाने को एक बार, तो बस पिटाई लगा दी कसकर उसने।

उस दिन देखा, पिछले इतवार के रोज, बाई एकदम नवा रंग लाई नख रंगने को। हाय, ताजे कांदे-सा गुलाबी।

चमक से खिंची आई थी सुवर्णा, बाई के पास।

''बाई...मेरे कू...'' हाथ के इशारे से रंग की बाटली दिखलाकर सुवर्णा ने जतलाया, ''मेरे कू बी...''

''क्या-क्या?'' देर तक बाई समझी नईं।

सुवर्णा ने हिम्मत कर रंग की बाटली छू दी। ''मेरे कू...,'' उसने कहा।

बाई सन्न। एकदम मच्छी माफिक उसे ताकती रही।

सुवर्णा डरी जरूर, पर हटी नईं, डटी खड़ी रही, एकदम धाँसू फिलम विलेन माफिक। और तब क्या तो हुआ कि बाई खी-खीकर हँस दी। एकदम फिक्क से।

च्च! ऐसे तो उसकी आई हँसती है। खी-खी! खी-खी! ताली देकर, घुटनों में सिर घुसेड़, पाँव हिलाकर। ना, बाई ने ताली नईं बजाई, पाँव नईं हिलाए, पर हँसी वोई जबर तरीके से। खी-खी, ही-ही, खी-खी...!

क्यों हँसी बाई, सुवर्णा समझ नईं पाई। किस पर हँसी? सुवर्णा पर क्या? मारे गुस्से के सुवर्णा पीछे पलटी कि बाई ने उसका हाथ पकड़ उसके नख रंग डाले। रंगे क्या, बस एक बार ब्रश मारकर हटा लिया। सुवर्णा ने बाटली पकड़ने की कोशिश की तो झिड़क दिया, ''चल हट छोकरी। हो गया बस!''

देर तक किचन में बैठी सुवर्णा अपने नख निरखती रही थी। चांगला लगा नईं रंग। अपने रंगती है बाई तो कित्ता मन लगाकर। जित्ती बार रंगेगी उत्ती बार सुखाएगी। और सुवर्णा को? ऐसे जैसे कुरसी पर फटका मार रही हो। च्चः!

इतवार था न उस दिन। सेठ क्या तो खेलकर लौटा खाने के टेम। खाने बैठा तो बाई ने पूरी कहानी सुना डाली। सुवर्णा किचन में भांड़े मल रही थी। इतवार के दिन बड़ी मुसीबत है उसकी। जिसके घर जाओ वही कहता है, इतवार है, खाना निबटा नईं, देर से आना। सुवर्णा का मन होता है इतवार को वो बी छुट्टी मारे। पर वोई एक बात पहले दिन कहते हैं लोग, इतवार को छुट्टी नईं करना, हाँ, सेठ घर पर होता है। तो? क्या करे सुवर्णा? गौरमेंट देती है ना छुट्टी इतवार की सब्बी को। तो सुवर्णा क्यों ना करे छुट्टी? पर...। एक बार की थी उसने इतवार की छुट्टी। घर से निकली, काम पर आई नईं। जुहू की रेत पर लोट लगाकर वापस लौट ली। आई ने जो पिटाई लगाई अगले दिन। गणपति रे! हाथ का नील अब तक नईं गया।

बाई सेठ को सुवर्णा की कहानी सुना रही थी, हँस-हँसकर, धीरे-धीरे। पहले माफिक खी-खी करके नईं। सुवर्णा ध्यान लगाकर सुन रही थी। तब ना जाकर बात कान में पड़ रही थी।

''देखा जरा-सी छोकरी को,'' बाई बोली, ''कहती है नाखूनों पर पालिश लगाऊँगी। भगवान बचाए बंबई को छोकरियों से। सबकी सब फिलमों के सपने देखती हैं, हरदम।''

उसने सोचा था सेठ बोलेगा, अरे एक बाटली लाकर दो ना बेचारी को। इतनी छोटी लड़की को काम नईं ना करना चाहिए।

पर सेठ तो एकदम आगबबूला हो गया। आई की तरह। ''क्या! इतनी हिम्मत छोकरी की! बुलाओ तो इधर। तुमसे नाखून रंगवाएगी! धुनकर नहीं रख दिया तुमने? अरे, निकालो बाहर चुड़ैल को। आज माँगकर ली है तो कल चुराकर लेगी।''

सुवर्णा के हाथ का नील टस-टस टीसने लगा। कहीं छड़ उठाकर पिल पड़ा तो...?

वह चुपके से किचन की दीवार से सटी-सटी बाहर खिसकने लगी कि सुना, बाई कह रही है, ''धीरे बोलो। क्यों चिल्ला रहे हो? एक बोतल पालिश के मारे छुड़ाकर बैठ जाऊँ तो घर का काम कौन करेगा, तुम! अरे बाबा, जाओ, जाकर आराम करो। औरतों का काम औरतों पर छोड़ो। अब से सारा सामान ताले में बंद करके रखूँगी, और क्या! तुम जाओ न बाबा, बेकार तुमसे बतलाने बैठी।''

सुवर्णा वापस आ बैठी। भांड़े मलते-मलते चेहरे पर मुस्कान खिल उठी। बाई के माफिक।

निरी आलसिन है बाई। चलेगा, इसके साथ बहुत कुछ चलेगा। बारह बरस की हुई सुवर्णा, अनाड़ी नईं रही कि समझे ना, किसके साथ क्या चलेगा, क्या नईं। तब्बी ना आज इतने ठसके के साथ बिस्कुट माँग लिये और बाई ने दे भी दिए। उसने बिस्कुट का एक सिरा कुतरा कि बाई के बोल याद आ गए, 'ले मर!' मुँह का स्वाद खराब हो गया।

"मैं क्यों मरूँ? तू मर!" उसने हिंदी में कहा। तीन-चार बार। विलेन की तरह मुँह बनाकर। तब भी मन हलका नईं हुआ।

वह किचन से उठकर बैठक में आ गई। चारों तरफ देखकर सबसे बड़े सोफे पर पसर गई, ये टाँग फैलाकर, एकदम सेठ के माफिक। और उसी के माफिक धीरे-धीरे बिस्कुट कुतरने लगी। क्या बिस्कुट खाता है सेठ। दो बिस्कुट खाने में इत्ता टेम लगे कि छाया गीत का एक गाना खत्म हो ले।

बिस्कुट कुतरने के साथ-साथ उसने बदन हिलाकर गाना भी शुरू कर दिया। एकदम छाया गीत के माफिक, मेरे अँगने में तुम्हारा क्या काम है!

''हाय!'' साँस खींचकर दूसरी बार गाना शुरू किया था कि बाई आ धमकी। मुँह खोल ताकती रही उसे, वोई मच्छी के माफिक।

सुवर्णा बिस्कुट खाती रही। कुट-कुट। कुट-कुट। धीरे, बहुत धीरे।

''अरे, तू सोफे पर क्यों चढ़ी बैठी है?'' आखिर बाई चिल्लाई। वह बिस्कुट कुतरती रही। धीरे, और धीरे।

''सुवर्णा!'' बाई चीखी।

अब उसे सिर उठाना पड़ा। अपना नाम नईं समझती, वो नाटक चलने वाला नईं ना था।

पर सोफा छोड़ उठी नईं। बाई को देख ऐसे मुस्कराई जैसे रेखा मुस्कराती है। है न एक फिलम जिसमें काम वाली बाई बनी है वो। अरे, क्या तो नाम है उसका, दिखाई थी न टी.वी. पर कुछ दिन पहले। वह माथे पर बल डालकर नाम याद कर रही थी और उधर बाई थी कि पागल माफिक चीख रही थी, ''सुवर्णा! उठ। सोफा नको, नको!''

सुवर्णा ने समझा, और नईं चलेगा। अब उठना पड़ेगा। बिस्कुट का आखिरी टुकड़ा मुँह में डाल, वह उठने वाली थी कि बाई ने चील की तरह झपटकर उसका हाथ पकड़ लिया। खींचकर उसे सोफे से उठाया और घसीटती हुई बाहर ले जाने लगी।

हाथ छुड़ाने की कोशिश बेकार हुई तो सुवर्णा ने चिल्लाकर कहा, ''कल से नईं आऊँगी काम पर!''

उसने सोचा था, उसकी बात सुनते ही बाई उसका हाथ छोड़ देगी और वोई अपनी मोटी मुस्कान फेंकने लगेगी। पर...अचरज! उसके साथ बाई ने भी चिल्लाकर कहा, ''कल से काम पर नईं आने का!''

उसके हाथ पर उसकी पकड़ और जबर हुई और घसीटते हुए उसे घर के दरवाजे से बाहर धकेल दिया और खटाक से दरवाजा बंद।

सुवर्णा आखिर अनाड़ी निकली। बाई कितनी भी आलसिन हो, उसे सोफे पर बैठने नईं दे सकती, अपने पाँच साल के कामकाज से उसे इतना सीख जाना चाहिए था।

मीरा नाची

धारोधार बारिश के बाद धूप निकली थी। चटकीली-चमकीली। हवा भी चल रही थी। बरस लेने के बाद की। साफ। तेज-तेज। वैसी नहीं जैसे झड़ी लगने से पहले चली थी। उठती-गिरती साँस की तरह। चलने भर की खातिर। उमस जस-की-तस। दो-चार लंबी साँस भरो तो भर लो, रह-रहकर, जब-जब दुपट्टे का छोर हिले।

अब हवा रो लेने के बाद की तरह धुली और साफ थी। पेड़ों की फुनगियाँ यूँ नाच रही थीं कि जड़ें जमीन में गहरे धँसी न रहतीं तो आसमान में उड़ जातीं।

मैं अपनी छत पर गीले कपड़े फैला रही थी। धूप निकल आने का मेरे लिए यही मतलब था। कपड़े धो लिये, छत पर फैला दो। बारिश में कपड़े भीग गए, अंदर कर लो। सूरज निकल आया, दोबारा बाहर डाल दो। कपड़े सूख गए, उठा लो। चलो, इस बहाने रोज दो बार छत पर जाना तो मिलता था। औचक फुहार पड़ जाए तो एक-दो बार और।

कपड़े डालते-उठाते मैं ठिठककर इधर-उधर देख लिया करती थी। सामने वाले मकान की बरसाती ठीक नजर की सीध में थी। उसकी खिड़की से एक मेज-कुरसी दीखती थी। वहाँ एक लड़का बैठा हमेशा पढ़ता रहता था। सुबह हो, शाम हो। कभी मैं देर से ऊपर जाती। देर क्या, कभी बादलों की वजह से अँधेरा जल्दी गहरा जाता तो मेज पर लैंप जला रहता। तब वह मुँह पर

पड़ रही सीधी चमकीली रोशनी में पढ़ता दीखता। अरे, यह क्या, हर वक्त पढ़ता ही रहता है? कुछ और नहीं है करने को इसके पास?

आज मैं कपड़े डाल लेने पर नीचे नहीं उतरी। छत पर पड़ी खाट पर पसर गई। माँ मंदिर गई हुई थीं न। ढेर सारे काम बतलाकर। बर्तन रगड़कर माँजना, कड़ाही में कलौछ छोड़ी तो देखना, दाल पका लेना, चावल चुगकर भिगो देना, सब्जी काटकर रखना, मैं आकर देखूँगी, अभी चढ़ानी है कि शाम को। कपड़े धोकर धूप में डाल देना पहले, पता नहीं कब तक रहे। और अचार को धूप दिखा देना, समझी। आज स्कूल में छुट्टी है। कल सालाना जलसा था, उसकी खुशी में। स्कूल की लड़कियाँ बाहर घूमने जाने की तैयारी में होंगी। मुझे तो माँ ने जलसे में भी नहीं जाने दिया था।

सारा काम वैसे ही पड़ा था, बस कपड़े धुले थे। कर लूँगी, पाँच मिनट आकाश देख लूँ। कैसा खुला नीला आसमान है, उस पर बतखों से तैरते हलके-फुलके सफेद बादल। बरसने वाले नहीं, बरस लेने के बाद वाले। दो-चार बूँद बचा पानी भीतर समेटे, हवा के साथ उछल-कूद मचाते बारिश के बाद भागते हुए आते हैं; शैतान बच्चों की तरह, जो हमेशा देरी से स्कूल पहुँचते हैं। भागते-दौड़ते आने पर भी, प्रार्थना की पंक्तियों तक समय रहते नहीं पहुँचते और रोज सजा पाते हैं। पर जाने किस मिट्टी के बने होते हैं कि मस्त रहते हैं। अगले दिन फिर उसी तरह, रास्ते में पड़े कंकर से खेलते आगे बढ़ते हैं, और स्कूल देरी से पहुँचते हैं। सब कहते हैं कुछ नहीं बनेगा तुम्हारा, बड़े होकर आवारागर्दी करोगे। आवारागर्दी में क्या मौज है, मैं क्या जानूँ! वे जानते होंगे, तभी न करते हैं।

लड़कियों से नहीं कहता कोई। कहते हैं, पढ़-लिख लो, वरना कोई ढंग का लड़का नहीं मिलेगा। पढ़-पढ़कर थक जाओ और सुस्ताने को जरा बिस्तर पर अधलेटे हो जाओ तो कहेंगे, अहदन हो जाओगी तो कौन पूछेगा ससुराल में! मुटा गई तो ढंग का लड़का...

ढंग का लड़का। जैसे सामने वाला? हर वक्त पढ़ता रहता है भोंदू। आवारा बादलों से नजरें हटाकर मैंने सामने खिड़की पर डालीं। बैठे पढ़ रहे होंगे बेचारे किताबी कीड़े, हमेशा की तरह।

यह क्या! वह तो छत की मुंडेर के पास खड़ा नाच रहा था। बारिश में मोर नाचते हैं, नई धुली धूप में पागल। हाय बेचारा। पढ़-पढ़कर पगला गया। कहीं कूदकर मेरी तरफ न आ जाए। मैं झपटकर उठ बैठी। खयाल आया, ऐसे उसे दिखाई दे जाऊँगी। फिर चित हो गई। नहीं, कूदकर यहाँ कैसे आएगा, दोनों छतों के बीच पूरी गली का फासला है। लेटे-लेटे फैला आसमान दीखता तो बाकी दूरियाँ दिखनी बंद हो जाती थीं।

मैं उठकर बैठ गई। हाय, क्या नाच था उसका! पेड़ों की डालियाँ जैसे एक तरफ झुकतीं, वह भी

झुकता। फुनगियाँ सिर झटककर सीधी होतीं, वह भी होता। हाथ गोल-गोल घुमाता जैसे बलैयाँ ले रहा हो। फिर आगे फेंक देता, फेंकता ही जाता। पैरों में थिरकन आ जाती।

तत ताताथेई तथेई तथेई। थेई ताताथेई तथेई तथेई।

थेई तातातत ततत ततत। थेई तातातत ततत ततत।

तत ताताथेई तथेई तथेई। थेई ताताथेई तथेई तथेई।

तथेई तथेई थेई तथेई। तथेई थेई तथेई तथेई।

फिर गोल गोल चक्कर।

तिगधाऽऽऽ तिग। धाऽऽऽ थेई तिगधाऽ।

ऽऽतिगधा ऽऽऽ... थेई तत तत। धाऽ तिर किट...कत।

मुझे चक्कर-टुकड़ों का क्या पता। मैंने कौन कथक सीखा है। स्कूल में क्लास लगती थी, पढ़ाई खतम होने पर। मेरे साथ की लड़कियाँ सीखती थीं। मेरा कितना मन करता है नाचने को। पूछने पर माँ ने चोटी खींचकर उखाड़ ही दी थी समझो। बाकी लड़कियाँ सीखती थीं तो पाँच-दस मिनट रुककर देख लेती थी। सुनकर कुछ बोल रट गए थे। ये सब झट याद हो जाता है मुझे, पढ़ाई के नाम पर गोल। कल के जलसे में प्रोग्राम था उसका, रोज घर पर रियाज करती थी। बस एक दिन देखा था मैंने। माँ को मेरा इसके-उसके घर जाना पसंद नहीं था। कल जलसे में भी...

बादलों में कुलबुलाती छोटी बुँदकियाँ बाहर छिटक ही आईं। बालों पर गिरीं तो गिरीं, आँखों की कोरों पर भी टिक रहीं। जाने दो।

देखो तो कैसी मस्ती में नाच रहा है सामने वाला पढ़ाकू। एक बात मैं जानती हूँ, यह जो कर रहा है, कथक नहीं है। यह तो अपनी मौज में, जैसे मन आए, नाच रहा है।

मैं भी नाचूँ? यहाँ कौन देखेगा? मैं हौले से छत पर उतरी। नहीं, पैरों की धमक कहीं माँ ने सुन ली। अपनी धुन में उनके लौटने का पता भी नहीं चलेगा, सिर कलम कर देंगी।

यह किसे रिझाने को नाच रहा है? मैं ठिठकी खड़ी रह गई। कहीं इसने मुझे देख तो नहीं लिया? मिश्रा बहन जी कहती थीं, 'रिमझिम होने पर मोर भी अपनी मौज में ही नाचता है' माँ के सामने मुँह से निकल गया था तो एक करारा झापड़ रसीद किया था मुँह पर। यही सब पढ़ने जाती हो स्कूल!

गाँव में थे तो ठीक था। शहर से पिता जी पैसे भेज देते थे। मैं गाँव की पाठशाला में पढ़ती थी तो औरों से अव्वल रहती थी, यहाँ की तरह फिसड्डी नहीं। फिर पता नहीं क्या हुआ, पैसे

आने बंद हो गए थे। माँ रोई-कलपी थीं, इस-उससे पिता जी का हाल पता किया था। और एक दिन पता दिए बिना, मुझे लेकर शहर चली आई थीं। दोनों के बीच जो महाभारत हुआ, क्या बतलाऊँ। पिता जी ने माँ को घर से बाहर धकेल दिया। साथ मुझे भी। घर में ताला डालकर चले गए। माँ मुझे लेकर बरामदे में डटी रहीं, भूखी-प्यासी। मेरे तो प्राण ही निकल गए थे भूख के मारे। पड़ोस में मिश्रा टीचर रहती थीं, मुझे रोते सुना तो अपने घर ले जाकर खिलाया-पिलाया। माँ ने नहीं खाया। अनशन किए बैठी रहीं। तीन दिन बाद पिता जी आए तो पड़ोसी थू-थू करते मिले। माँ भूख से अधमरी और मैं डर के मारे। सिर पीट उन्होंने दरवाजा खोल दिया और हमें अंदर कर लिया। कुछ दिन ऐसे ही चला, रोते-झींकते, गाली-गलौज सहते। फिर ठीक हो गया। या हमें आदत पड़ गई। मिश्रा टीचर ने मुझे स्कूल में भर्ती करवा दिया। पिता जी को छोड़ माँ मेरी चौकीदारी में लग गईं। उनका बस चले तो घर से बाहर कदम न रखने दें। स्कूल तक न जाने दें। पर तब ढंग का लड़का नहीं मिलेगा न।

ओ राम, मरेगा क्या! यह तो नाचते-नाचते पानी की टंकी पर जा चढ़ा। अब और मुस्तैदी से हाथ चला रहा है। सिर उठाकर आसमान में क्या ताक रहा है? अरे नीचे देख, नीचे। बित्ते भर की टंकी है, बेखयाली में पाँव फिसल गया तो सिर के टुकड़े हो जाएँगे। तीन मंजिल ऊपर है पागल! हाय, कैसे सधे पाँव रख रहा है, मरा, मुंडेर तक आता है और पलट लेता है, नाचते-नाचते। मेरा दिल मुँह में आ जाता है। इसे तो घना अभ्यास है रे नाचने का, हर वक्त तो किताब में सिर घुसेड़े रहता था, रियाज कब किया? मैंने तो पहले कभी देखा नहीं इसे नाचते। छह महीने से देख रही हूँ बराबर, बरसाती में घुसा पढ़ता रहता है। उससे पहले उसमें एक अधेड़ पति-पत्नी रहते थे। औरत छत पर बैठी कुछ-न-कुछ चुगती-बीनती रहती थी। पता नहीं कपड़े कब मैं धोकर डाल देती थी, छत पर बँधी डोर पर लटके फरफराया करते थे, हवा भरे गुब्बारों से। माँ मेरी कान पकड़कर दिखला जाती थीं, देख, कमजात, ऐसे फैलाए जाते हैं कपड़े, दोनों सिरों पर चुटकी लगाकर। मैं फैलाती तो कभी डोर कम पड़ जाती, कभी चुटकियाँ। उसके हवा भरे कपड़े मुझे बड़े प्यारे लगते थे, फूँक मारो तो आसमान में उड़ जाएँ। तेज-तेज।

जैसे इसका नाच तेज होता जा रहा है हर पल। कूद-कूदकर हाथों को फिरकी जैसे घुमाए चला जा रहा है। ऐसे तो गाँव में लड़के पतंग उड़ाया करते थे। लो, मैं भी एक बुद्धू हूँ! पतंग ही तो उड़ा रहा है। माँझा-पतंग दिख नहीं रहे इसी से लगा, हवा में नाच रहा है।

है कहाँ पतंग? उधर होगी, पश्चिम में। वह उधर ही ताके जा रहा है। पर कहाँ? किधर? मैंने

गरदन उठाकर ऊपर आसमान में ताका, देर तक, उधर, जिधर वह देख रहा था। कुछ नहीं मिला। मैं आगे बढ़ी। अपनी छत की मुंडेर पर आकर नीचे झुकी, पंजों पर खड़े होकर झाँका। सूरज की चौंध से बचाव करने को हाथ की आड़ लेकर घूरा, कहीं कुछ नहीं दिखा।

कहाँ है पतंग? कैसी है? किन-किन रंगों की? हाय, पतंग उड़ाने में कितना मजा है! हरिया के बापू कहते थे, झींसी में पतंग न उड़ाई तो जनम अकारथ। पर लड़कियों को कहाँ मिलती थी उतनी छूट। खुले मैदान में खड़े होकर, उतने ही खुले आकाश में पतंग के साथ ऊपर उठते जाने की। बहुत हुआ तो छींट-छींट पड़ती बुँदकियों के नीचे, बँधी-बँधाई पेंग भरकर झूल लो, बस। माँ मुझे घसीटकर भीतर कर लेती थीं, पर मैं मौका देख भाग जाती थी। पड़ोस के हरिया के साथ, चुपचाप खेतों के पार जाकर पतंग उड़ाती थी। माँ को पता ही नहीं चलता था। चल भी जाता तो झिड़क भर देती थीं। तब ऐसे मारा नहीं करती थीं, वहाँ गाँव में, न कोस-कोसकर ताने देती थीं, जैसे यहाँ देती है।

कसम धरा ली थी माँ से कि अपनी खीज मुझ पर नहीं उतारेंगी। वैसी भयानक पिटाई फिर उन्होंने नहीं की। पर कभी-कभी लगता है, जबान की मार से हाथ की मार भली। उस पर हर वक्त की चौकीदारी। छत पर अकेले इसलिए जाने देती हैं, क्योंकि उनके पैर गठिया के दर्द से लाचार हैं। पर जरा ठहरकर सुस्ताई नहीं कि नीचे से उनकी चीख-चिल्लाहट आने लगती है, अरे पापिन, कहाँ मर गई। चुड़ैल खा गई या जिन्न ले गए!

शुरू-शुरू में लँगड़ाती हुई माँ भी ऊपर पहुँच जाती थीं। जब दूर-दूर तक कोई न दिखा तो ढीली पड़ गईं। इसे नाचता देख लेतीं तो...हे राम! मैं काँप गई। आ तो नहीं गईं। बाहर ताला मारकर चाबी साथ ले गई हैं। आएँगी तो दरवाजा भी नहीं खटखटाएँगी, भुतनी की तरह बेआवाज भीतर पहुँच जाएँगी। देख आऊँ नीचे जाकर...

अरे, रुक-रुक, क्या कर रहा है। टंकी के किनारे क्यों आ लगा। ओह... पलट दिया। वह रही चरखी उसके हाथ में। हाथ आगे फेंक बराबर खोले ही चला जा रहा है। सिर को भी और ऊपर उठा दूर आसमान में ताक रहा है। यानी पतंग और दूर, और ऊपर पहुँच चुकी है। उसे दीख रही है तो मैं क्यों नहीं देख पा रही। एक बार फिर मैंने गरदन और पंजों की कसरत करके उस छोर देखने की कोशिश की। कुछ नहीं मिला। बीच में पेड़ आ रहा था शायद। नीम का। इतना जट्ट लंबा घना क्यों होता है भला! आर-पार कुछ दिखाई ही नहीं देता।

नीचे जाकर देखूँ। गली में दिख जाए शायद। मैं भागती हुई नीचे उतर गई। दुपट्टे को कसकर लपेट, दरवाजे पर हाथ मारा तो याद आया, बाहर ताला लगा है। उसी तरह दौड़ती हुई

वापस ऊपर जा पहुँची।

वह वैसे ही नाच रहा था। उसे क्या पता, मैं छत पर थी या नहीं। भोंदू। एक बार नजर पतंग से हटा भी सकता है आदमी। पर नहीं...यही तो बात थी। मेरे गाँव के लड़कों जैसा नहीं था इसका पतंग उड़ाना। एक ताल थी उसके पैरों की थिरकन में, एक लय पर झूम रहा था उसका बदन, गीत फूट रहा था उसके हाव-भाव से। मेरा मन हो रहा था, मैं भी गाते-गाते उठूँ :

पग घुँघरू बाँध मीरा नाची! जन्माष्टमी की शाम मंदिर में पुजारी जी नाच उठे थे जैसे गाते-गाते। भजन गाती औरतें भी आत्मविभोर हो ऐसे हिल रही थीं जैसे बैठे-बैठे नाच रही हों। माँ की आँखों से आँसू बह रहे थे। कितना अचरज हुआ था मुझे। बिना कोसने दिए उन्हें रोते कभी नहीं देखा था। अपना, मेरा, किसी का ध्यान नहीं था उन्हें। तभी न मैं दीदे फाड़ सब तरफ ताक रही थी और कोई टोका-टाकी नहीं। अनचाहे अनजाने, मेरे मन में उनके लिए दया और प्यार उमड़ आया था। अपने में डूबीं, आत्मविभोर माँ अच्छी लगी थीं मुझे।

आत्मविभोर। हाँ, असली बात वही थी, लय-ताल नहीं। छत की टंकी और मुंडेर पर उसका नाच, खेत में पतंग उड़ाते मेरे संगी-साथियों जैसा ही होता, अगर उसके-मेरे पाँव बराबर-बराबर जमीन पर पड़ रहे होते। और बीच-बीच में हम गपशप करते या हो-हल्ला मचा रहे होते।

पर वह तो पतंग ऐसे उड़ा रहा था जैसे पतंग उड़ाने के सिवा कुछ जानता ही न हो। उसकी नजर सिर्फ उसे देख रही थी। मैं कहीं नहीं थी उसकी आँख के दायरे में, न कुछ और। डोर को ढीला छोड़ते या वापस खींचते उसके हाथ चरखी का हिस्सा बने हुए थे। तभी न इतनी देर तक मुझे चरखी दिखी ही नहीं थी। पाँव भी उसके बस उतनी दूर पड़ते थे, जितना हाथों के संचालन के लिए जरूरी था।

मेरी साँस अटक ही तो गई। तब तो उसे मुंडेर भी नहीं दिख रही होगी। जरा खटका हुआ, ध्यान तनिक बँटा तो सीधा नीचे आ गिरेगा। मैंने हिलना-डुलना बंद कर दिया और साँस रोक उसे देखती रही।

मेरी समझ में आ रहा था, वह ठीक वैसे पतंग उड़ा रहा था जैसे रोज दत्तचित्त पढ़ाई करता था। मुझे स्कूल में पढ़ी अर्जुन की कहानी याद आ गई। द्रोणाचार्य ने चिड़िया पर निशाना लगवाने से पहले शिष्यों से पूछा, तुम्हें क्या दिखलाई दे रहा है? किसी ने कुछ कहा, किसी ने कुछ। अर्जुन ने कहा, उसे केवल चिड़िया की आँख दिख रही थी। अब जाकर कहानी मेरी समझ में आई। एक मैं हूँ। सारी दुनिया दिखलाई देती है, बस चिड़िया की आँख नहीं दीखती। कितनी नाकारा हूँ। माँ इतना डाँटती हैं, पढ़ाई में मन नहीं लगा पाती। उनकी छोड़ो, वे कुछ नहीं जानतीं। पर मिश्रा टीचर तो ढंग के लड़के का रोना नहीं रोतीं। वे कहती हैं न, पढ़ाई में ध्यान लगाओ, मन को शांति मिलेगी, मस्तिष्क के द्वार खुलेंगे, जो चाहोगी कर सकोगी। पर मेरे पास ध्यान है ही नहीं, एक मन है जो जाने कहाँ-कहाँ भटकता रहता है। माँ पर हरदम गुस्सा आता रहता है। पिता जी...कभी आँख उठाकर नहीं देखते मेरी तरफ। हम गाँव छोड़कर क्यों आए?

वहाँ पाठशाला में पढ़ रही थी न, ऐसे डरकर नहीं रहना पड़ता था। लगता है घर से निकलूँगी तभी मुक्ति मिलेगी। पर मेरे चाहने से क्या होता है!

अभी मैं पतंग उड़ाना चाहती हूँ, उड़ा सकती हूँ क्या? उसका क्या है, लड़का है, चाहे कुरसी पर बैठकर पढ़े, चाहे छत पर नाचकर पतंग लहराए। अपनी मर्जी का मालिक है। न डाँट-फटकार, न ताने-कोसने, न अच्छे लड़के की प्रतीक्षा में जेल की कैद।

उस जैसा ही रहा होगा मेरा भाई, जो मर गया। जिंदा रहता तो हम मिलकर पतंग उड़ाते। पर...क्या पता, वह उड़ाता और मैं इसी तरह...

हाय, देखो तो कितनी बड़ी पतंग! काली-नीली, सर्र-सर्र बढ़ी आ रही है हवा पर तीर-सी हमारी तरफ। पर यह तो उलटी दिशा से आ रही है, पूरब से। पढ़ाकू तो ठीक पश्चिम में देखे जा रहा है। मर गए। यह तो किसी और की है। पीछे वाले मकानों से आई होगी। उसे तो पता तक नहीं। अरे, मुड़कर देख भोंदू, काट देगी तेरी पतंग को। क्या आसमान में ठूँठ उठाए बढ़ाए लिये जा रहा है ऊपर।

देख-देख, मैं चिल्लाने को हुई, फिर आवाज घोंट जड़ रह गई। मैं चीखी, उसका ध्यान बँटा तो कटी पतंग-सा आ गिरेगा गली में। हड्डी-पसली बराबर हो जाएगी। मर करमजले, ऐसा भी क्या ध्यान कि दुश्मन तक न दिखे। फर्राये चली आ रही है, काटकर छोड़ेगी हमारी पतंग को। किस रंग की है? कहाँ है? मरी दीखे भी कहीं। देख न, घूमकर देख तो सही। कटने मत दीजियो अपनी पतंग को। देख-देख। मैंने अपना पूरा ध्यान उसकी आँखों में समो दिया।

उसकी गरदन जरा घूमी। चरखी पर हाथ और मुस्तैदी से चलने लगे। माँझे को खींच सीधा किया, तनिक मुड़ा, ढील देने को हाथ ऊपर उठे, माँझा छोड़ा, फिर खींचना शुरू। देख ली। देख ली। काली पतंग पीछे हटी। उसके हाथ छाती पर वापस लौट-लौट आ रहे हैं। अहा हा, काली पतंग और पीछे खिसकी। पर हमारी क्यों नहीं दिखलाई दे रही? मैं मुंडेर से सटकर आगे को लटक आई। फर्र-फर्र उड़ती आती अपनी पतंग देखूँगी। देखकर रहूँगी।

वो काटा! मैं चीख पड़ी। हमारी पतंग कितनी सुंदर थी! चटख लाल और हरी। फरफराती हुई आई और पंजा मार काली पतंग की गरदन उड़ा दी।

फिर लहराती हुई सामने छत की तरफ बढ़ने लगी। दत्तचित्त वह माँझा समेट रहा था। उसके पैरों की ताल में फर्क नहीं आया था। न गरदन की लगन में। बस आसमान में टँगी दृष्टि हटकर सामने चिपक गई थी। पतंग जो वहाँ थी! मेरी नजर भी तो वहीं जमी थी। हाय, कैसी

नयी-नकोर चमकीली पतंग थी! वह माँझा खींचता गया। अब पतंग उसकी छत के ऊपर थी, अब उसकी आँख की सीध में, अब उसके हाथ में। अभी वह कटी पतंग लेने दौड़ेगा। गिर रही थी धीरे-धीरे। सीधे नहीं। हवा तेज थी न, बहाए ले जा रही थी थपेड़े देकर, इधर-उधर। कौन जाने गली में गिरे या अधबीच पेड़ पर अटककर रह जाए। भगवान करे, नीचे गिरे! वह भागता हुआ जाएगा और पतंग लूट लाएगा।

वह बड़ी एहतियात के साथ टंकी से अपनी छत पर उतर गया। मैं ताली बजा उठी। अभी लेकर आया कटी पतंग।

वह नीचे उतरा ही नहीं। अपनी पतंग-चरखी लिये बरसाती में घुस गया।

भोंदू! पागल! तू नहीं लूटता तो मैं लूट लेती हूँ। जीती पतंग कोई छोड़ता है भला! नीचे ताला पड़ा है, गली में निकलूँगी कैसे? यहीं लूटनी होगी। झटक-मटक थपेड़े खाती काली-नीली पतंग मेरी छत के करीब आ पहुँची थी। मैंने चील की तरह झपट्टा मारा, पर वह हाथ छूकर निकल गई। मैं नीचे को लटकी हाथ मारती रही, पर उसे लपक नहीं पाई। कुछ देर इतरा-इतराकर यहाँ-वहाँ डोली, फिर नीम की डाली में फँसकर बैठ गई। वहाँ पहुँच पाना मेरे लिए नामुमकिन था। मुझे रोना आने लगा। मन हुआ, चिल्लाकर कहूँ, ओ बावले, इधर आकर अपनी पतंग को उतार। ऐसा कौन बड़ा आदमी है तू कि जीती चीज भी छोड़ सकता है।

मैंने देखा, वह कुरसी पर बैठा पढ़ रहा था।

मेरा रोना निकल गया। खाट पर बैठ सुबकने लगी।

माँ के आने का तब पता चला जब उनका घूँसा पीठ पर पड़ा।

''यहाँ बैठी आराम कर रही है, नीचे सारा काम औंधा पड़ा है!''

मैं चीखकर रो दी, ''हाय, पैर में मोच आ गई। चल नहीं पाती। हाय-हाय!''

माँ ने एक घूँसा और जमाया, ''मर करमजली! देखकर नहीं चला जाता। अब उठ, नीचे तो चल। देखूँ, मल मला दूँ।'' उन्होंने पैर पर हाथ लगाया तो मैं चिल्ला उठी।

अब मुझे क्या पता, मोच आने पर कैसे चला जाता है। कितना लँगड़ाऊँ, कितना नहीं। जमीन पर पाँव रखा तो वो फौरन समझ जाएँगी, कोई मोच-वोच नहीं आई।

''चुप कर, चिल्ला मत। सारा मोहल्ला जमा करना है क्या?'' माँ ने कहा, फिर अनिश्चित-सी खड़ी रह गईं।

मैंने सामने झाँका। सुन लिया क्या मोहल्ले ने? कहाँ! बेवकूफ तो वैसा-का-वैसा बैठा पढ़ रहा था।

''एक बार उठकर तो देख!'' माँ ने मेरी बाँह खींचकर कहा।

मैं इतनी जोर से चीखी कि उनकी पकड़ छूट गई।

''हड्डी तुड़ा बैठी क्या? हे परमात्मा, नासपीटी मरती भी नहीं! अच्छा बैठ, मिश्रा बहन जी को बुलाकर लाती हूँ। मेरे तो गोड़े वैसे बेकार पड़े हैं, अब तुझे ढोऊँ कि अपने को।''

मिश्रा बहन जी। उन्हें तो छूते ही पता चल जाएगा। क्या करूँ? अच्छा, आने दो। अकेले में बात करने को मिली तो समझा लूँगी। और जो हो, माँ से चुगली नहीं करेंगी, मुझे पूरा भरोसा था। पर होना अकेला पड़ेगा।

''हाय माँ,'' आवाज में मिसरी घोलकर मैं कराहती-कोसती माँ से बोली, ''कैसे करोगी तुम अकेली। उन्हीं को भेज देना ऊपर। तुम कहाँ गठिया में ऊपर-नीचे फिरोगी।''

पहले तो कभी ऐसे नहीं बोली उनसे। माँ ने चकित नजरों से मुझे देखा। चुप ऐसे हुई जैसे साँप सूँघ गया हो। आँखों में आँसू उमड़ने को हुए। पर बोलीं कुछ नहीं। होंठ भींच असमंजस पी गईं और पीठ फेर, लँगड़ाती हुई नीचे उतर गईं।

मिश्रा बहन जी को मैं मना लूँगी। एक ही चीज चाहती हैं न मुझसे। कसम खाकर कहूँगी, अब से ध्यान लगाकर पढ़ूँगी। एकदम अर्जुन की तरह। बस, इस बार माँ की मार से बचा लें, बचा लेंगी।

अभी उनके आने में वक्त था। मैं उठी और छत पर पाँव जमाकर ठीक वैसे नाचने लगी, जैसे वह नाचा था। आत्मविभोर। मुझे लग रहा था, मेरे हाथ में चरखी और माँझा है और दूर आसमान में ऊपर-ऊपर उठती लहराती पतंग।

छलावा

बचपन का सुना किस्सा जस-का-तस लिख रही हूँ। आप पढ़ें, बच्चों को सुनाएँ, फिर वे अपने बच्चों को, तब न किस्सा, कहानी बने। तो सुनिए। एक थे वैद्य जी। वैद्य क्या, राजवैद्य। कविराज। वैद्यों में राजवैद्य, यूँ समझो कि तालों में ताल भोपाल का, बाकी सब तलैया। क्या धूम थी राजवैद्य की! कहने वाले तो यहाँ तक कहते थे, ऐसी-ऐसी जड़ी-बूटी हैं उनके पास कि मरते दम भी पाँच-दस मिनट की मोहलत दिला दें कि, अपनी वसीयत-उसीयत लिख-बोल लो। ठीक समझे आप। अमीरों के वैद्य थे कविराज। क्या-क्या किस्से मशहूर थे उनकी हिकमत के।

सबसे मशहूर किस्सा था देश के राजा का। जाहिर है। अपने वैद्य जी ने राजा की अँगूठी का नायाब हीरा यूँ चुटकियों में जलवाकर भस्म बनवा दिया था, वह भी राजा की मर्जी से। हुआ यूँ

कि राजा था हीरों की शौकीनी का पक्का, पर दाँत-आँत के हाजमे का कच्चा। लाख हीरे जमा कर ले, पाचन शक्ति जस-की-तस ठस्स पड़ी रहती थी। न खाया जाता था, न पिया। सो राजवैद्य की तलब होनी ही थी। वैद्य जी पहुँचे और राजा की कलाई पकड़ बैठ गए, नब्ज जाँचने। मजाल जो आँख उठाकर देख लें, कैसा तो पारदर्शी, भक सफेद हीरा दिपदिपा रहा है राजा की अनामिका पर। काहे का सफेद? चिलमन के बीच से आती धूप का परस पाकर ही सात-सात रंगों में फूटा पड़ रहा था। मानो कमरे में लगे इंद्रधनुषी झाड़-फानूस सुबह-सवेरे जल उठे हों। वैद्य जी मन लगाकर नब्ज पढ़ रहे थे और राजा था कि उसका पूरा ध्यान अँगूठी के हीरे पर अटका पड़ा था। साँस रोक के प्रतीक्षा कर रहा था कि अब आह भरें कविराज, अब कहें, अहा हा, ओह-हो-हो, क्या हीरा है महाराज! पर वैद्य जी थे कि समाधि डाले चुप। चुप कि बस चुप।

राजा का धीरज चुक गया। राजा ठहरा। कितनी देर लगती है चुकने में। साँस छोड़ हठात् बोल उठा, ''नब्ज के पारखी आप ठहरे मशहूर। हीरे का दाम बतलाएँ तो जानें।''

''कौड़ी टके का मोल है, और क्या!'' कविराज ने फटाक से कहा।

राजा लाल, पीला, काला होता सफेद पड़ गया। हाथ तलवार की म्यान पर गया सही, पर बाहर खींचने से पहले रुक गया। राजपूत हो भले, राजा भी तो था। बाहर निकाल लेता तो खून चखाना पड़ता। वहाँ वैद्य जी के सिवाय था कौन वार सहने को। और उनकी मुट्ठी में खुद अपनी कलाई भिंची पड़ी थी। आँत अलग कुलबुला रही थी। सिर पर गुस्सा चढ़ा तो पेट की मरोड़ छाती को मथने लगी। बिलबिलाकर वह चिचियाया, ''छोड़ो नब्ज! दर्द बंद करो!''

''च्च... च्च,'' वैद्य जी बुदबुदाए, ''वात पित्त का जानलेवा प्रकोप। अति भयंकर। काल महाकाल!''

हीरे की छोड़, राजा को अपनी पड़ी।

''द...वा?'' वह हकलाया।

''मेरे नहीं, आपके पास है महाराज।'' वैद्य जी बोले।

''मेरे पास?''

''आपकी अँगूठी का हीरा, महाराज। जान बचानी हो तो दे डालिए।'' राजा ने दायें देखा, न बायें, अँगूठी उतार वैद्य जी के हवाले की और पेट पकड़ औंधा हो गया।

वैद्य जी ने अँगूठी से हीरा निकाला और आग में डाल दिया। राजा की आँखें फटी और

जबान घुटी रह गई। देखते-देखते हीरा भस्म में तब्दील हो गया। फिर कविराज ने उसके दस हिस्से कर, दस पुड़िया बाँधी और बोले, "लीजिए महाराज, अब हुआ हीरा पाँच लाख का। दूध के साथ सेवन कीजिए और दर्द अफारे से छुटकारा पाइए।"

तो ऐसे रहे ठसकेदार, सत्यवादी, निडर, हमारे नामी-गिरामी राजवैद्य। फिर हुआ यह कि एक अँधेरी अमावस की रात, दो पहर बीत लेने पर किसी ने जोर से कविराज का दरवाजा खटखटाया। 'कौन है' कह के पुकारा तो जवाब मिला, 'रोगी'।

अब वैद्य जी थे तो आज के डॉक्टरों जितने ही नामवर, विख्यात, पर बीमार को दरवाजे से लौटाने का चलन तब तक फैला न था। सो उठकर दरवाजा खोल दिया।

सामने देखा तो कुछ नहीं। बस धूल का बगूला चक्राकार घूम रहा था। गोल-गोल। तेज-तेज। फिरकी-सा। वैद्य जी ने नींद की परत दिमाग पर से झाड़ते हुए सोचा, आँधी चल पड़ी दीखे। पर आँखें ऊपर उठाईं तो कुछ हिलता नजर न आया। न पत्ता, न टहनी। न गमछा, न कथरी। हवा का नामोनिशाँ नहीं। जैसे धरती में समा गई हो। आसमान तक स्तब्ध, सहमा पड़ा था। वैद्य जी ने आँखें नीचे कीं तो ठगे खड़े रह गए। धूल का बगूला और तेजी से चक्कर काट रहा था। हैं! धूल का बगूला है कि कुछ और? वैद्य जी ठहरे राजवैद्य, वैद्यों में ताल भोपाल का, बाकी सब तलैया। उनकी नजर कमजोर कैसे हो सकती थी? जो होगा, साफ दिखे बगैर कैसे रहेगा? पोषक पुष्टिदायक आहार यूँ बेकार गया तो आयुर्वेद का क्या होगा? उन्होंने आँखें अच्छी तरह खोलीं और बगूले पर दृष्टि केंद्रित कर दी। लगा, धूल के चक्र के बीच चूहा है। न, बिल्ली। न न, कुत्ता, अरे कहाँ, यह तो भरा-पूरा आदमी है। लंबा-तगड़ा, आँखें दिप-दिप चमक बिखेर रही हैं। जैसे राजा का बिन जला हीरा। खड़े-खड़े सपना लेने लगा क्या? वैद्य जी ने कायदे के खिलाफ आँखें मलीं, खोलीं, फिर मलीं, फिर खोलीं तो देखा, आगंतुक उनके पैरों पर झुका हुआ है।

वैद्य जी सुन्न खड़े रहे।

"मेरा बेटा बीमार है। आपको लेने आया हूँ, कविराज। चलेंगे?" लंबे-तगड़े ने कहा।

वैद्य जी से न हाँ कहते बना, न ना। पर वह पलटकर चला तो पाया, वे भी उसके पीछे चले जा रहे हैं। वह लंबे डग भरता आगे-आगे और पौष्टिक आहार खाने वाले वैद्य जी हाँफते-हाँफते उसके पीछे। सौ-पचास गज चले होंगे कि वह बोला, "ऐसे तो पहुँच लिये," और वैद्य जी को उठा, अपने कंधे पर बिठा लिया। फिर यूँ चला जैसे धरती पर कदम बिना रखे, उड़ा चला जा रहा

हो। बेचारे वैद्य जी, आँखें मूँदे, कंधे से चिपके रहे। साँस जो भीतर खींची तो डर के मारे अंदर ही घुटी रह गई। कितनी देर घुटती। 'हुँआ' करके बाहर निकली कि पाया, रुके पड़े हैं। आँख खुले बगैर न रही। देखा, उनका वाहन एक पुरानी आलीशान हवेली के सामने खड़ा है।

''अर...ए...हो...ओ!'' उसने आवाज लगाई, ''कविराज पधारे हैं।'' कविराज तो कविराज, पूरा मंजर काँप गया।

ऊपर की मंजिल से वापसी हाँक आई, उतनी ही दमदार, पर बारीक, महीन। ''पधारो, ठाकुर!''

वैद्य जी बिटर-बिटर ताकते सीढ़ी ढूँढ़ने लगे। ढूँढ़ना क्या और पाना क्या। न सीढ़ी, न रास्ता, वे तो आप से आप ऊपर उठे जा रहे थे। नीचे ताका तो घिग्घी बँध गई। लंबू खड़ा-खड़ा और लंबा होता जा रहा था। आन-की-आन में वैद्य जी ऊपरी मंजिल के बारजे तक जा पहुँचे। लंबू ने बड़े जतन से उन्हें वहाँ उतारा, फिर खुद भी उतर लिया और कद दोबारा मुनासिब कर लिया।

सामने खाट पर तेरह-चौदह बरस का ,पीलिया खाया लड़का लेटा था। उसके बराबर में दिपदिपायमान थीं उसकी माँ। उन्हें देख उसने घूँघट नीचे कर लिया, पर आँखें उनकी फिर भी चुंधियाई ही रहीं, जितनी देर वहाँ ठहरे। ''निराशा त्यागो, ठकुराइन,'' आगंतुक ने कहा, ''हमारे घर साक्षात् ईश्वर पधारे हैं।'' फिर वैद्य जी से बोला, ''नब्ज देख लें कविराज, तो वापस पहुँचा आऊँ।'' वैद्य जी के अंजर-पंजर भले ढीले हुए पड़े थे, पर वैद्यकी न भूले थे। काँपते हाथों को काबू किया और नब्ज परख डाली। बोले, ''साथ चलकर दवा ले लो।''

तो जैसे गए थे वैसे ही लंबू के कंधे पर सवार हो लौट आए वैद्य जी। घर पहुँचाकर उसने एक न दो, सात जगमगाते हीरे उनके हाथ पर धर दिए, बोला, ''दो हमारी दवा के लिए, बाकी पाँच आपकी नजर। दवा की मिकदार, आप समझो, दोगुनी दरकार है।'' तो वैद्य जी ने दो हीरे जलाकर भस्म बनाई जरूर, पर क्या हुआ कि, नजर बाकी पाँच हीरों पर जमी रही। क्या हीरे थे! राजा का हीरा तो पत्थर जानो उनके आगे।

भस्म के दस हिस्से कर पुड़िया बना लंबू को थमाईं तो दरवाजे पर रुक, वह बोला, ''आप हमारे बेटे के जीवनदाता, हम आपके ताबेदार, पर जो देखा, किसी से कहना मत।'' वह उनके पैरों पर झुका तो वैद्य जी की हिम्मत लौट आई। पूछा कि आप हैं कौन? पर जवाब नहीं आया। आता कैसे? वहाँ था क्या, सिवाय धूल के एक बगूले के। वह भी रफ्ता-रफ्ता बैठ गया। न किसी ने कहा, न किसी ने सुनाया, पर कविराज ने साफ सुना, छलावा।

राजवैद्य भीतर दौड़े, कहीं हीरे भी तो गायब नहीं हो लिये। नहीं, वे वहीं-के-वहीं, आग के पास चौकी पर पड़े भक-भक जगमगा रहे थे। सात-सात रंगों में। वैद्य जी ने लपककर उन्हें उठा लिया। इस हाथ से उस हाथ में उलटा-पुलटा, उछाला। अहाहा, ओह हो हो! सतरंगी किरणों के उजास से कमरा झिलमिला उठा। क्या आबदार हीरे थे! ऐसे हीरों को भला जलाकर राख किया जाता होगा! राजा के हीरे की बात और थी। ये हीरे तो पाँच-पाँच लाख के तब हों, जब सोने की अँगूठी में नगीने बनें, दस वजनी लोग देखें, अश-अश कर सराहें। तो वैद्य जी ने खूब सँभालकर चार हीरे दस-दस तालों में बंद किए और पाँचवाँ ले जाकर अँगूठी में जड़वा लिया। फिर सुबह-सवेरे, नहा-धोकर, नया कसीदा किया अंगरखा पहन, अनामिका में हीरे की अँगूठी धारण कर, राजा की तबीयत का हाल पूछने चल दिए।

राजा ने कविराज का हीरा देखा तो सुधरी तबीयत बिगड़ गई। सीने में वह दर्द उठा कि पेट-पीठ दोनों ऐंठकर रह गए। तड़पकर बोला, "अहाहा, ओ हो हो! क्या आबदार हीरा है! क्यों है कि नहीं राजसी हीरा?" तमाम दरबारी अश-अशकर बोल पड़े, "सचमुच! वाकई! एकदम राजा के योग्य हीरा है।"

वैद्यराज क्या करते! अँगूठी उतार राजा के हवाले की। चीज जिसके योग्य हो, उसे पहुँचे। आदमी का क्या है, लायक हो, न हो, राजा होना चाहिए। सूनी उँगली लिये वैद्य जी ने दस-पाँच दिन सब्र किया। हीरों को निकाल उलटा-पलटा जरूर, इस हाथ से उस हाथ किया, दूर-पास, दायें-बायें, सब तरफ से नजारा लिया। पर अँगूठी में दूसरा हीरा जड़वाने का खयाल दिमाग से निकालकर फेंकते रहे। खयाल तो बाहर फिंकता रहा पर पेट में अफारा दिन पर दिन बढ़ता गया। जैसे वैद्य न होकर राजा हों। अफारा, दर्द, ऐंठन, मरोड़, वात पित्त का जानलेवा प्रकोप। अति भयंकर। काल महाकाल। पर भला अपना हीरा कौन भस्म करता है रोग से मुक्ति पाने को? इससे अच्छा तो अँगूठी में जड़वा लो। सो वही राजवैद्य ने किया और तनाव से छुट्टी पाई। एक बार फिर सज-धजकर दरबार का रुख किया। हीरे के असली पारखी और कहाँ मिलने थे?

राजा भी पूरा राजा था। हीरा देखा नहीं कि मन बेकाबू। फिर वही अहाहा, ओह-हो-हो, और वैद्य जी का हीरा राजा की अंटी में। इस तरह एक-एक करके कविराज के चार हीरे राजा की नजर हो गए। हर बार राजा यह पूछना नहीं भूलता था कि कविराज, इतना बढ़िया हीरा आया कहाँ से? हर बार राजवैद्य गरदन ऊँची करके कह देते थे, "महाराज, यह न पूछिए। वचन दिया है, न कहने का। इज्जत का सवाल है।" पर हर बार उनकी गरदन पहले से कुछ कम ऊँची खिंच

पाती थी।

आखिर, पाँचवाँ हीरा, अँगूठी में सजाए, वैद्यराज राजा के सम्मुख पधारे। एक बार फिर राजा ने अलापा, ''अहाहा, ओह-हो-हो, क्या आबदार हीरा है, क्यों है न...राजसी हीरा!'' तब, राजा का आलाप पूरा होने और दरबारियों के समवेत गान के शुरू होने से पहले ही, वैद्य जी उसके चरणों में लोट गए।

''आपके लिए कौड़ी मोल है इसका। जब पाँच लाख का करना होगा, हमसे वापस माँग लीजिएगा,'' राजा ने आँख मारकर कहा।

''क्षमा करें महाराज! मैं स्वयं रोगी हूँ। मुझे खुद इसकी जरूरत है।''

''एक शर्त पर। यह बतलाइए, मिला कहाँ से?'' राजा ने कमजोर जान धर पकड़ा।

वैद्यराज की झुकी गरदन न उठ पाई। कहाँ का वचन और कैसी इज्जत? उन्होंने तमाम राज कह डाला।

राजा तो फिर राजा था। फौरन दल-बल सहित हीरे वाले छलावे की खोज में निकल पड़ा। बेचारे राजवैद्य को राजा की बगल में दुबककर बैठे रहना पड़ा। देश-देशांतर, सब जगह खोजा। दिशा निर्देश का काम वैद्य जी के जिम्मे पड़ा। वे कभी काफिले को पूरब दिशा में चला देते, कभी पश्चिम में। कभी उत्तर की तरफ मोड़ देते, कभी दक्षिण की। उन्हें कौन ठौर-ठिकाना याद था? वे कंधे पर सवार, आँखें मूँदे, यह जा, वह जा, पहुँच लिये थे। राह दिशा देखी कब थी जो याद रहती।

राजा, कविराज भटके सो भटके, देश के तमाम प्रमुख उनके साथ भटक लिये। छलावे की तलाश में आज तक भटक रहे हैं। जहाँ कहीं धूल का बगूला चक्कर काटता दीख जाता है, दौड़ पड़ते हैं उसकी तरफ। यहाँ वहाँ जहाँ तहाँ। देश की बाकी जनता, राजा और वैद्य के अभाव में, जैसे-तैसे, दिन काट रही है। बिना मुनासिब इलाज और बिना उचित राजकाज।

कानतोड़ उर्फ कर्णवीर

एक चोर था। नाम था शातिर। नाम का क्या है, कुछ भी हो सकता है। शातिर पक्का चोर था, पक्के साहेबों की तरह। जो उसूल उसने बना रखे थे, उनके खिलाफ कभी नहीं जाता था। उसूल चाहे जो हों। यही तो पक्के साहेबों की सिफत है। यह नहीं पूछते कि उसूल क्यों हैं, कैसे हैं। बस हैं, तो हैं। बिना हील हुज्जत मानने के लिए।

तो एक रात शातिर चोर धन्ना सेठ के घर चोरी करने गया। बाकायदा सेंध लगाकर। उसूल था उसका, चोरी करने सेंध लगाकर जाता था, करके वापस, सदर दरवाजे से आता था। छाती ठोंककर। खूब बढ़िया सेंध लगाता था शातिर, क्या पक्के साहेबों ने हिंदुस्तान में लगाई होगी! फिर शातिर था भी तो शातिर। कुत्ते नेवले की तरह, बदन सिकोड़कर, छोटी-से-छोटी जगह के आर-पार निकल सकता था। घर में घुसा तो देखा, बिस्तर पर एक सुंदरी, अकेली लेटी मेज पर रखे लैंप की रोशनी में किताब पढ़ रही थी। कितनी सुंदर? अब मैं क्या जानूँ। औरत को अपने यहाँ सुंदरी ही कहा जाता है। सुना नहीं, डाकू तक औरत हो तो 'दस्यु सुंदरी' कहलाती है। बिल्ली की तरह बेआवाज चलना शातिर के पेशे में शुमार था। उसके भीतर घुसने पर औरत भला क्या चौंकती! आँखें झुकाए किताब पढ़ती रही। कैसी भी पढ़ाकू हो, थी तो जगी हुई। अलमारियों के खोले जाने पर चौंक भी सकती थी और शोर भी मचा सकती थी। शातिर जरा झिझका। क्या किसी दूसरी रात आए? पर...एक बात गौरतलब थी। अगर रात के तीसरे पहर तक औरत (सुंदरी) बिस्तर पर अकेली थी तो घर पर भी अकेली होगी। तब क्या एक औरत से डरकर भाग जाए? पक्के चोर इतने गैर मर्द नहीं होते (उसूल नंबर 2)।

तो उसने कम-से-कम आवाज करके अलमारियाँ खोलीं। चाबियों के बजाय नुकीले मुड़े तार का इस्तेमाल भी उसके पेशे में शामिल था। रुपया, जेवर, चाँदी के बरतन, बढ़िया कपड़े निकाले और करीने से अलग-अलग पोटलियों में बाँधे। फिर तमाम पोटलियों को एक बड़े गट्ठर में बाँधकर, पीठ पर लादा, दोनों हाथ खाली रखकर, बाहर की तरफ चला। औरत के पास से गुजरा तो ठिठके बगैर न रह सका। कमबख्त बदस्तूर किताब पढ़ती जा रही थी। इतना बेआवाज, बेसूरत भी नहीं था शातिर। बहरी हो भले, अंधी तो नहीं, कोई ब्रेल की किताब तो नहीं पढ़ रही थी! बेखयाली में वह खंखार ही तो उठा था कि सुंदरी ने आँख उठाकर उसे ताका। पल भर उसने इंतजार किया कि सुंदरी डरे, सहमे, चीखे न भी सही, पर साँस तो अटकाकर निकाले। पर जब देखा कि वह निगाह वापस किताब पर ले गई है तो तन-बदन में आग लग गई। जैसे वह हट्टा-कट्टा जवान (सुंदर) न होकर, मैले कपड़ों का गट्ठर हो। गट्ठर पीठ पर लदा था जरूर, पर था तो चोरी का माल। और वह...औरत...सुंदरी...। इतना तिरस्कार!

"मैं शातिर हूँ," उसने जोर से कहा, "आपका सामान चुराकर ले जा रहा हूँ। उठकर सदर दरवाजे की सिटकनी लगा लीजिए।"

"उढ़काते जाइएगा।" औरत ने कहा।

''कैसी औरत हो तुम,'' शातिर 'आप' से 'तुम' पर आ गया, ''अजनबी को देखकर चौंकती तक नहीं?''

सुंदरी व्यंग्य से हँसी।

''हँसने का सबब?'' शातिर ने नाटकीय अंदाज में पूछा। उसके पेशे में दिन बड़े खाली-खाली-से जाया करते थे, सो फिल्में देखना मजबूरी बन चुका था।

''अकेली औरत के घर चोरी करते हो और खुद को मर्द बतलाते हो?'' औरत ने कहा।

''अकेली? मुझे तो बतलाया गया था, धन्ना सेठ की हवेली है! तलाक-शलाक हो गया क्या?'' यह नया चलन, उसूलों की ऐसी-तैसी कर देता है।

''दौरे पर गए हैं सेठ। परसों लौटेंगे,'' सुंदरी ने कहा और वापस अपने रंगे पन्ने पर।

मारे गुस्से के शातिर ने गट्ठर नीचे पटक दिया।

''यह धरा तुम्हारा सामान। अब मैं परसों आऊँगा। उनके सामने से लेकर जाऊँगा। रोक सकें तो रोक लें,'' उसने डायलॉग मारा।

''ठीक है।''

''अब उठिए, दरवाजा बंद कर लीजिए।'' शातिर वापस 'आप' पर आ गया।

''कहा न, उढ़का दो,'' औरत जम्हाई लेकर बोली।

''और जो कोई घुस आया?'' शातिर के मुँह से निकला।

औरत खिलखिलाकर हँस दी। बोली, ''लगता है, तुम चोरों से बहुत डरते हो!''

''गुंडा, बदमाश भी घुस सकता है। जवान औरत हो कि नहीं? मेरी बीवी होती तो...'' मर गया। अपनी बीवी से क्या कहेगा। खाली हाथ क्यों लौटा? बड़ी शर्मिंदगी उठानी पड़ेगी। यह बेशर्म...क्या तो कह रही है... ''सेंध में से लौट जाओ न! सामान तो है नहीं।''

''कौन-सी सेंध?'' वह अकबकाया।

''जो तुमने लगाई है।''

''तुम कैसे जानती हो?''

''वह दरअसल, मेरे कान बहुत तेज हैं,'' उसने नजर नीची करके कहा।

शातिर गैर खानदानी हो उठा। राह चलतों की तेज आवाज में गरियाकर बोला, ''हम पक्के चोर हैं, समझीं। सेंध से होकर नहीं लौटा करते। अब उठकर दरवाजा बंद करती हो कि...''

कि क्या? गनीमत हुई कि सुंदरी ने नहीं पूछा, वरना दस्यु सुंदर क्या बतलाता?

वह मुस्कराई (हँसी नहीं), पास पड़ा खुशबूदार रूमाल उठाया, किताब के पन्ने पर रखा, किताब बंद की, अंगड़ाई लेकर सुस्ती झाड़ी, फिर उठी और चली। खुशबू बिखेरती गजगामिनी। शातिर पलटकर भाग लिया, सदर दरवाजे से एकदम बाहर, सड़क पार करता हुआ, अपने खानदानी, पुश्तैनी घर की तरफ।

अगले दो दिन शातिर ने कैसे गुजारे, आप समझ सकते हैं। सुंदरी पर आया गुस्सा बीवी को डपटकर निकाला तो वह मुँह सुजाकर किनारे हुई। बच्चे पास आकर सामान देखने की जिद करने लगे तो दो हाथ खा गए। उन्होंने रो-रोकर घर सिर पर उठा लिया। पर बीवी ने चुप कराने की जरा कोशिश नहीं की। रात गुजारकर सुबह होने तक, शातिर खुद को एक नंबर का गधा महसूस कर रहा था। बड़ा आया सात पुश्तों का खानदानी चोर। अरे, चोरी करने गया था कि फिल्म की शूटिंग करने?

तीसरी रात तक सब्र किया। करना पड़ा। सब्र करो, न करो, वक्त तो कट ही जाता है। सो, कटा। तीसरी रात शातिर फिर धन्ना सेठ की हवेली के सामने था। अमूमन अपने काम के लिए वह रात का तीसरा पहर ज्यादा महफूज मानता था, पर उस रात सब्र पहले पहर के आगे खिसककर न गया। बड़े-बूढ़े कह गए हैं कि जैसे-जैसे मंजिल पास आती है, बेसब्री बढ़ती जाती है। बतकही है, उसूल की बात नहीं। पर कभी-कभी बतकही की गाँठ उसूल जैसी पक्की हुआ करती है।

तो रात का पहला पहर बीतते-न-बीतते शातिर चोर धन्ना सेठ की हवेली पर पहुँचा। देखता क्या है कि परसों लगाई सेंध जस-की-तस मुँह बाये खुली पड़ी है। हद हो गई! इन अहदियों से इतनी मशक्कत न हुई कि दो-चार ईंटें चिनवाकर, दीवार मुकम्मल करवा लें। शहर भर को न्योतती ज्योनार हो जैसे। जो चाहे मुँह उठाकर चला आए, भीतर। अरे, इन लोगों को घर-द्वार की खोज फिक्र है कि नहीं! घर की मालकिन जब टाँग पसारकर किताब पढ़ती रहेगी तो नौकर-चाकर काहे चौकसी पर रहेंगे। मालिक दौरे पर, मालकिन बिस्तर पर और नौकर-चाकर दारू के अड्डे पर। आलसी कामचोर, मरें सब। शातिर क्यों माथा गरम कर रहा है अपना। अपने काम से काम रखे। घर में घुसने आया है, घुस जाए। पर कैसे?

सामने सेंध मुँह बाये पड़ी है, न्योता देती। पर पुरानी खुदी सेंध से भीतर घुसना कुछ वैसा नहीं है जैसे मरे जानवर का माँस खाना! शेर नहीं खाता न, खुद बिना मारे। अरे, पर यह तो उसी का किया शिकार है, खुद लगाई थी न सेंध; कम्बख्तों से चिनवाई तक न गई। इतनी

बेइज्जती! मारो गोली। घुसे कि न घुसे? दूसरी लगाए? इस मामले में खानदानी उसूल क्या होगा, उसने कयास लगाया। पहले कभी ऐसा मौका आया हो तब न होगा। छोड़ परे। शातिर ने एक लात अपनी लगाई उत्तम सेंध पर जमाई और घुस गया उसी में से अंदर। अंदर जाकर देखता क्या है कि सेठ बैठा खा रहा है और सेठानी परोस रही है। वाह, बाहर सेंध मुँह खोले पड़ी है और ये अहदी...!

"सेंध भी नहीं चिनवाई गई तुमसे?" उसने ऐसे डपटा जैसे वही घर का मालिक हो।

"कैसी सें...सें...ध?" सेठ का हाथ सीधा कमर पर गया। तो वहाँ खोंस रखी है नकदी।

"जो हमने लगाई थी!" शातिर बोला।

"ये शातिर हैं," सुंदरी ने परिचय करवाया।

"हम चोर हैं, किसी के यार नहीं," शातिर ने सीना फुलाया।

"चोर...र!" सेठ का खुला-फटा मुँह और पीला पड़ता चेहरा बड़ा भला लगा शातिर को। तभी झन्न से आकर चाबियों का गुच्छा उसके कदमों में गिरा। सेठ के मुँह से अल्फाज तो न निकले, पर आँखें खूब घिघियाईं। इल्तिजा करती आँखों की बोली समझने में माहिर था शातिर।

"रखो अपनी चाबियाँ," वह हँसा, "माल मैं परसों निकाल चुका। घर पर मर्द नहीं था, इसी से...औरत को लूटना अपना उसूल नहीं।"

"नौकर क्या हुए?" सेठ सेठानी से फुसफुसाया तो शातिर ने डपट दिया, "फुसफुस नहीं। साफ बोलो।"

'हि...हि...' करके सेठ कुछ कह रहा था शायद, पर सुंदरी की बारीक आवाज उसके ऊपर चढ़ आई।

"खीर लेंगे?" वह पूछ रही थी।

"मैं ड्यूटी पर हूँ," शातिर के मुँह से निकला।

वह हँस दी। कानों को हाथ लगाकर बोली, "भूल हो गई। आपसे तो पूछा ही नहीं। दोनों के लिए ले आऊँ?"

सेठ को जैसे तिनके का सहारा मिला। सिर निकालकर बोला, "लाओ न प्रिय। तुम्हारी बनाई खीर तो अमृत होती है," फिर शातिर से कहा, "ऐसी खीर आपने पहले खाई न होगी।"

औरत भीतर खीर लेने गई तो सेठ उसके कदमों में आ गिरा, "सामान ले के भाग लो जल्दी। वह आ गई तो मेरा भुरता बनवा के छोड़ेगी!"

‘‘हम भागा नहीं करते,’’ शातिर के मुँह से आदतन निकला।

‘‘फिर बाहर कैसे जाओगे?’’

‘‘सदर दरवाजे से, सीना तानकर।’’

‘‘तानो, तानो पर जल्दी। सामान उठाओ और जाओ।’’

‘‘तुम रोकोगे नहीं?’’

‘‘पागल हूँ क्या! पर जल्दी करो। एहसान होगा मुझ पर।’’

‘‘मैं चोर हूँ, साधू नहीं जो एहसान करता फिरूँ।’’

‘‘जो माँगोगे दूँगा। चाहो तो हफ्ता बाँध लो।’’

‘‘पुलिसवाला समझ रखा है?’’

‘‘तो महीने के महीने वसूली कर लेना। पक्की आमदनी होगी, सोचो जरा,’’ सेठ की आवाज में घाघपना उभर आया, ‘‘बीवी से कह देना, चोरी का माल है।’’

‘‘मैं तुम्हारी तरह बीवी से नहीं डरता,’’ शातिर फिर डायलॉगबाजी पर उतर आया।

कुछ कहने से पहले सेठ को झुकी कमर सीधी करनी पड़ी, क्योंकि सुंदरी महकदार खीर के दो कटोरे लिये वापस कमरे में नमूदार हो गई थी।

‘‘लीजिए,’’ पहला कटोरा उसने शातिर को दिया, ‘‘नोश फरमाइए। नमक नहीं है।’’

‘‘और जो जहर हो?’’ शातिर बोला, पर कटोरा ले लिया।

सेठ के चेहरे पर चमक आई, फिर मिट गई। ऐसी उसूल वाली चंडी क्या खाक किसी को जहर देगी।

शातिर ने भी वही सोचा और खीर खाने लगा। बीवी के फूले मुँह के चलते दो दिन से ढंग का खाना नसीब नहीं हुआ था। खीर बढ़िया थी, वह चट कर गया।

सेठ से नहीं खाई गई। शातिर को खाते देखता रहा और मरी आवाज में सुंदरी से भी खाने की मनुहार करता रहा।

‘‘ठीक है। जब सामान लौटा लाओगे तो साथ बैठकर खाएँगे,’’ उसने कहा, फिर चोर से बोली, ‘‘आपका हो गया?’’

‘‘यह मत समझना खीर से खरीद लिया,’’ उसने कहा और बिजली की तेजी से भीतर जाकर सामान का गट्ठर उठा लाया। बोला, ‘‘ये चला मैं। मर्द हो तो रोक लो।’’

‘‘हीरा, रामू, लखनवा!’’ सेठ नौकरों को पुकार उठा।

''सब छुट्टी पर हैं,'' सुंदरी ने टोका, ''मुकाबला तुम्हारे और चोर के बीच है। अब जल्दी करो। वह दूर निकल लेगा।''

बाहर निकलकर शातिर ठिठक गया था। चाहता तो रफ्तार बरकरार रख अब तक घर पहुँच चुका होता। पर एक तो खीर से अटे पेट को लेकर तेज भागना दूभर हो रहा था, दूसरे, उनकी बातें सुनने का लालच नहीं छूट रहा था। जब सुंदरी के जल्दी करने पर दरवाजे के बाहर आते पैरों की आहट सुनी तो दुबारा दौड़ पड़ा। कुछ दूर पहुँचा तो पीछे, काफी पीछे, हाँफते-हुंकारते सेठ को आते देखा। बेचारा, क्या खाकर उसके मुकाबले आएगा। शातिर ने दो-चार डकारें लीं, फिर ठस पेट की लाज रखते हुए चाल मंथर कर ली। खरामा-खरामा चला जा रहा था और

मन-ही-मन, घर पहुँचकर बीवी से वैसी ही जाफरान, बादामदार गाढ़ी खीर बनवाने के कुलाबे बाँध रहा था कि अचानक ऐड़ लगे घोड़े की तरह सेठ दौड़ा और उसकी कमर से आ लगा।

ऐं? अचानक क्या हुआ कछुवे को?

तभी तीखी ललकार कानों में पड़ी। ''छीन लो सामान!'' देखा, सुंदरी अपनी छत पर चढ़ी, चाबुक-सा फटकार रही थी। उसने सेठ को झटककर अलग करना चाहा तो वह किकिया उठा, ''मारना मत! मारना मत!''

शातिर का हाथ ठीक सेठ की कमर पर बँधी नकदी पर पड़ा था। सेठ समझ गया। फौरन गिड़गिड़ाया, ''सारी नकदी ले लो। इस दौरे पर अच्छी कमाई हुई है। पर सामान वापस कर दो। यहाँ नहीं, थोड़ा आगे। वह देख न पाए,'' सेठ कहता गया और गट्ठर छीनने का नाटक भी करता रहा।

यूँ चलते-चलते वे गली के मुहाने पर पहुँचे।

तब तक सेठ का इत्र मिला पसीना यूँ धारोधार बह चुका था कि शातिर का अपना बदन भी इत्रदान बन गया था। उसका सिर घूमने लगा, जैसे नशे में डूबा जा रहा हो।

उसने कहा, ''औरत से डरते हो?''

''कौन नहीं डरता? सच कहो!''

शातिर झूठ न बोल पाया, बात बदल ली।

बोला, ''नकदी छीन लूँ और माल भी न लौटाऊँ तो क्या कर लोगे?''

सेठ की आवाज और नजर में फिर घाघपन उतर आया, बोला, ''तुम चोर हो कि डाकू? अपने उसूलों की तो सोचो।''

शातिर सोच में पड़ गया। वाकई! सरेआम डकैती करना था कि नहीं उसके खानदानी उसूलों में? था कि नहीं था?

एक पल जो झिझका, वही भारी पड़ गया।

देखता क्या है कि 'पकड़ो, मारो' चिल्लाती वह औरत सड़क पर भागी चली आ रही है।

शातिर ने नकदी पर हाथ मारा। वह तो कब्जे में आ गई, पर गट्ठर पीठ से लुढ़क गया। सेठ के बस का तो क्या था करना, पर सुंदरी की चीख-पुकार ने खासी भीड़ सड़क पर जुटा दी थी। सो, दसियों ने मिलकर गट्ठर लपक लिया था। खींचातानी में वह खुल गया और सामान सड़क पर उलट गया। फिर तो वह गदर मचा कि क्या डाकू बलवाई मचाते। जिसके हाथ जो लगा, सो

तो लूटा ही, दूसरों के हाथ लगा सामान झपटने में भी जान की बाजी लगा दी।

माल छोड़, बटुआ अंटी में खोंस, शातिर जान बचाकर भागा। पीछे-पीछे मर्द का हाथ खींचती दौड़ी आई सुंदरी। अँधड़-फँधड़ यूँ आ रहे थे दोनों जैसे एक शरीर दो जान हों। अर्धनारीश्वर। धत् तेरे की!

शातिर ने अपनी रफ्तार तेज की... और... और... और तेज की... इतनी कि मुनासिब दूरी से दौड़कर सामने वाले मकान की छत पर चढ़ गया। फिर एक छत से दूसरी छत फलाँगता आगे बढ़ चला।

अब पीछा करके दिखलाए सेठ का बच्चा!

पर यह क्या? सुंदरी तो भागी आ रही थी, छत-दर-छत उसके पीछे, सेठ को कंधे पर उठाए। माँ, ओ माँ, ऐसा भी कहीं होता है! कहीं देवी तो नहीं आ गई सेठानी पर। जय माता दी, जय माता दी जपता और तरह-तरह की भेंट देने की कसमें खाता, शातिर भागता, फलाँगता आखिरी छत पर जा पहुँचा।

वह नीचे कूदने को तैयार था कि सेठ ने उसे कानों से पकड़ लिया। उसने चाहा, न कूदे। बदन का वजन पीछे फेंककर रुकने की कोशिश की, पर किसी ने जोरदार लात उसकी टाँगों पर मारी। अपनी मर्जी के खिलाफ, दूसरे के इशारे पर वह लहूलुहान, नीचे सड़क पर जा गिरा।

कान उसके सेठ के हाथों में रह गए।

बाद का किस्सा मुख्तसर यूँ है :

शातिर की अंटी में काफी नकदी थी, इसलिए जख्मों का इलाज हो गया। कान तो खैर कैसे जोड़े जाते, थे तो सेठ की तिजोरी में। पर जख्म भर गए। बदनामी से बचने का एक ही रास्ता था। वह शहर छोड़कर दूसरे शहर में जा बसे। वही उसने किया। कनकटी कैफियत को छिपाने के लिए, सिर पर हमेशा पगड़ी बाँधे रखने की वजह से नये शहर में उसका नाम पगड़ीदार हुआ। पगड़ी का प्रभाव कुछ ऐसा पड़ा कि जो देखता, उस पर भरोसा कर बैठता। फिर था भी वह उसूलों का पक्का। सो, दुकान खोल बैठ गया और भरोसेमंद व्यापारी की तरह कामचलाऊ कमाई करने लगा।

असली कमाई हुई सेठ की। शोहरत की कमाई। जवाँ मर्द की मिसाल बना, कानतोड़ से शुरू होकर कर्णवीर कहलाया। उससे भी ज्यादा शोहरत मिली सुंदरी को। शातिर का पीछा करने, पति को कंधे पर बिठलाकर भागने और धक्का देकर चोर को नीचे गिराने के लिए नहीं। वह सब

किसने देखा था? चश्मदीद तो सब माल लूटने में मशगूल थे। उसे शोहरत मिली अपने बयान की वजह से जो उसने हर अखबार, रिसाले में छपवाया। यह कि औरत कितनी भी तरक्की पसंद, आजाद खयाल, रोबदाब वाली क्यों न हो, इज्जत उस मर्द की करती है जिसमें जिस्मानी ताकत और फुर्ती का जज्बा हो, जैसा कानतोड़ उर्फ कर्णवीर सेठ में था।

कलि में सत

''सारी गड़बड़ तब हुई जब मेरे बाप ने मेरा नाम दशरथ रखा,'' उसने कहा।

''अब क्या हुआ?'' हाथ का काम छोड़कर मैंने पूछा।

वह जब-तब आता था और यही कहता था। हर बार नयी व्यथा कथा सुनने को मिलती। सुने बगैर चारा न था। उसका धैर्य अगाध था।

शुरू में मैंने पूछा था, रखा क्यों यह नाम? उसने बतलाया था, आम पिताओं की तरह उसका

बाप भी उसका नाम राम रखना चाहता था, पर नामकरण के ऐन मौके पर पंडित अड़ गया, नाम 'द' अक्षर से शुरू होगा। बस, बाप के बाप ने दशरथ कह दिया। राम से संबंध जो ठहरा! राजपाट तो दशरथ को नहीं मिला, पर विरसे में हलवाई की दुकान जरूर मिली। शुद्ध देसी घी के विज्ञापन वाली। नाम देसीराम, कमाई इतनी कि राजपाट पानी भरे।

पर दशरथ मेरे सवाल 'अब क्या हुआ' का जवाब दे रहा था।

''आज मुझे अपने सिर पर एक सफेद बाल दिखा।''

''तो? काला कर लो!'' मैंने कहा।

''उससे क्या होगा? मैं जानता हूँ, सफेद है।''

''होने दो। आजकल तो जवानों के बाल सफेद हो जाते हैं। तुम तो...'' पर वह मेरी सुनने नहीं, अपनी कहने आया था।

‘‘भरत को ननिहाल से बुलाना पड़ेगा,’’ वह कह रहा था।

‘‘कौन भरत?’’

‘‘मेरा तीसरा बेटा।’’

‘‘तुमने तो हमेशा दो बतलाए, राघव और लछमन?’’

‘‘बीवी भी तो एक बतलाई।’’

‘‘तुम्हारी दो-बीवियाँ हैं?’’ सोचा, इसका नाम राम रखा होता, तभी ठीक रहता।

‘‘हाँ, दूसरी मंदिर में करनी पड़ी। कानून आजकल इजाजत नहीं देता।’’

‘‘नाम क्या है, कैकेयी?’’ मुझे ठिठोली सूझी। वह गंभीर रहा।

‘‘नहीं, नाम तो सुकन्या है। कौशल्या ने सुना तो बोली, काहे की सुकन्या? यह तो कुकन्या है। मेपर मैं उसका नाम नहीं लेता, प्रियतमा ही कहता हूँ।’’ उसके चेहरे पर जवानी दौड़ गई, फिर बुढ़ौती।

यहाँ रुककर यह बता दूँ कि उसकी पहली पत्नी का नाम भी कौशल्या नहीं था। इतना संयोग तो कहानीकार भी नहीं कर सकता। नाम तो अच्छा-भला सुशीला था। पर वह थी इतनी फूहड़ कि एक दिन दशरथ ने कह डाला, यह तो कुशीला है, कुशीला। इंदिरा गाँधी का जमाना था। कुबबूल के पेड़ को देखकर उसने कहा था, वाह, इतने काम का पेड़ और नाम कुबबूल? इसका नाम तो सुबबूल होना चाहिए। बस कु, सु बन गया। इंदिरा गाँधी न रही होती और दशरथ ने महाभारत पढ़ा होता तो कहता, दुशीला। याद हैं न, दुर्योधन और दुःशासन। बेचारे कौरव! इतने दुर्व्यवहार पर दुर्जन नहीं तो क्या बनते? दुर्व्यवहार पहले हुआ या दुर्जन पहले बने, शोध का विषय है और अवांतर प्रसंग भी। पाठक चाहें तो रिकॉर्ड से निकाल दें। बस इतना दर्ज करें कि कालांतर में सुशीला कुशीला नहीं, कौशल्या कहलाई तो इसलिए कि दशरथ के बाप ने उसके पहले बेटे का नाम रखा राघव और दूसरे का राम। राघव-राम की माँ कहलाते, वह कौशल्या कहलाई। फिर जब लोगों ने बार-बार कहा कि राघव राम तो एक ही हुए तो राम का नाम बदलकर लछमन कर दिया गया। पर वह कौशल्या ही बनी रही। यूँ भी तब तक दशरथ के लिए वह आज्ञाकारी बेटों की माँ के अलावा कुछ नहीं थी। न कु, न सु। पर वह अब भी सफेद बाल को रो रहा था, इसलिए मुझे वर्तमान में लौटना पड़ा। पूछा, ‘‘भरत दूसरी का बेटा है?’’

‘‘हाँ, मेरा भी,’’ उसने कहा।

‘‘अरे बेवकूफ, कम-से-कम उसका नाम भरत तो न रखता!’’

‘‘मैं क्या करता। सुकन्या पढ़ी-लिखी, मेधावी लड़की है।’’ औरत के बजाय लड़की कहते हुए उसके चेहरे पर फिर जवानी दौड़ गई। वाह रे, बुढ़ऊ!

वह बोली, ‘‘नाम होगा तो भरत। प्रथम सूर्यवंशी राजा के नाम पर। मेरा भारत महान, भरत महान। तो मैं क्या करता?’’

ठीक है। बीवी का कहा कौन पति टाल सकता है! ऊपर से पढ़ी-लिखी मेधावी? इतनी मेधावी थी तो दो बच्चों के बाप, शादीशुदा अधेड़ से शादी क्यों की? मैं पूछ सकती थी, पर नहीं पूछा, क्योंकि जवाब मैं जानती थी।

‘‘चार साल का था तभी मामा के पास भेज दिया था,’’ वह कह रहा था, ‘‘शुरू-शुरू में मैंने कई बार वापस बुलाने को कहा, पर कभी वह कहती कि यहाँ दाखिला निकल चुका, कुछ दिन वहीं पढ़ने दो, कभी यह कि दाखिले का वक्त नहीं हुआ, ठहरकर बुला लेंगे।

‘‘पता नहीं, ठीक वक्त पर मैंने कभी बुलाने को क्यों नहीं कहा। वैसे, मामा का अपना कोई बेटा नहीं है, काफी रुपया-पैसा भी है, उसे तकलीफ कोई नहीं है। और मुझे भी हालात रास आ गए थे।’’

उसके चेहरे पर ऐसा लड़कपन दौड़ा कि लगा आँख मार रहा है। मार भी दी हो तो क्या। मैं क्या समझती नहीं।

पर वह कुछ और कह रहा था, ‘‘भरत को वापस बुलाना पड़ेगा।’’

‘‘वह क्यों?’’

‘‘बाल सफेद हो चले।’’

‘‘अरे बेवकूफ, राजा दशरथ को सफेद बाल दिखा था तो श्रीराम को राजपाट सँभलवाने की तैयारी की थी। तुमने तो पहले ही दुकान राघव को सँभलवा रखी है। मौज करो।’’

‘‘तैयारी से क्या होता है? सब धरी रह गई थी। भरत को बुलवाना पड़ा था। प्रियत... सुकन्या भी चाहती होगी।’’

‘‘उसने कहा है क्या?’’

‘‘न कहे तो क्या मुझे समझना नहीं चाहिए?’’

‘‘अरे हीरो, पहले यह तो समझ ले कि ननिहाल भेजा क्यों था?’’

‘‘कुछ-कुछ समझ सका हूँ।’’

‘‘क्या?’’

‘‘कौशल्या, राघव, लछमन वगैरह के डर से। इसीलिए तो राघव को गाँव भेजना होगा। महमूदाबाद में अपनी खाँडसारी की मिल है। वह रहेगा तो दुर्जन उत्पात करके आमदनी नहीं हड़पेंगे। फैजाबाद की दुकान लछमन और भरत चला लेंगे। पर भरत को मैं दुगुना हिस्सा दूँगा। एक-तिहाई लछमन का, दो-तिहाई भरत का।’’

‘‘सुकन्या से पूछ तो लो।’’

‘‘पूछना क्या। होगा वही, जो होना है।’’

‘‘अरे भाई, जब तुम्हारी कैकेयी मुँह खोलकर कह नहीं रही तो तुम क्यों आगे बढ़कर यथास्थिति बदलने जा रहे हो?’’

‘‘उस कैकेयी ने मुँह खोलकर कहा था, तुम कैसे जानती हो? हो सकता है, राजा दशरथ ने खुद निर्णय लिया हो।’’

‘‘फिर राम के चले जाने पर मर क्यों गए?’’

‘‘मरने का क्या है? किसी का कभी भी हार्ट फेल हो सकता है?’’

‘‘पर रामकथा में लिखा जो है।’’

‘‘लिखने का क्या है? कवि की कल्पना जो न लिखा ले। तुम्हीं कौन सच्ची बात लिखती हो?’’

‘‘सच क्या है कौन जानता है...’’ मैंने शुरू किया, पर वह सुनने नहीं, कहने आया था।

‘‘होगा वही जो होना है,’’ बुदबुदाता हुआ वह चला गया।

उससे कहना बेकार था कि जरूरी नहीं था, वह वही सब करे जो राजा दशरथ ने किया था। मैं कहकर देख चुकी थी। उसका जवाब होता था, ‘‘मैं कब कह रहा हूँ, मुझे राजा दशरथ की नकल करनी है। कहाँ राजा भोज, कहाँ गंगू तेली?’’ मैं सोचती, बला टली, पर तभी वह कह उठता, ‘‘होगा वही जो होना है।’’ और बात वहीं-की-वहीं। बेचारा! दशरथ नाम के चलते, जो राम रचि राखा वाला मुहावरा भी नहीं बोल पाता था।

दो दिन बाद, वह फिर आ धमका। बुरे हाल। आते ही बोला, ‘‘पानी।’’ मैंने शरबत पिला दिया, फिर भी वह पसीना-पसीना बना रहा।

मैंने तय कर रखा था कि अपनी तरफ से कुछ नहीं पूछूँगी। पर जब पंद्रह मिनट बीत गए और वह उजबक-सा बैठा लंबी साँसें भरता रहा तो लगा, इससे तो पूछ-पाछकर पार करो। सो कहा, ‘‘भरत आ गया?’’

''छोड़ो भरत को,'' वह बोला, ''यहाँ दूसरी मुसीबत टूट पड़ी है।''

''अब क्या हुआ?''

''लछमन की पत्नी का नाम उर्मिला निकला।''

''लछमन शादीशुदा है, मुझे पता नहीं था।''

''जब मुझे ही पता नहीं था तो तुम्हें कैसे होता। कचहरी में शादी की, बाप तक को बतलाना जरूरी नहीं समझा।''

''तुमने तो बीवी तक को बतलाना जरूरी नहीं समझा था। अब क्यों...''

''और नाम उर्मिला है।'' मैंने कहा था न, वह सुनने नहीं आता था।

''तो?''

''देख लेना, वह उसे यहीं छोड़कर महमूदाबाद जाएगा।''

हद हो गई। अब मेरी हँसी छूट ही गई। जमकर उसकी खिल्ली उड़ाई और पिंड छुड़ाया।

शाम को वह फिर हाजिर। रोने-बिसूरने के बीच, सही होने के संतोष से दमकता हुआ।

''मैं न कहता था। उर्मिला ने साथ जाने से इनकार कर दिया। एम.ए. पास निकली। कॉलेज में अर्थशास्त्र पढ़ाती है। कहती है, मुझे जंगल की खाक छानने नहीं जाना।''

''जंगल कि गाँव?''

''कहती है, एक ही बात है। वहाँ ढंग का बाजार, रेस्तराँ, थिएटर, आर्ट गैलरी, सिनेमा हॉल, कुछ नहीं होगा। ऊपर से बिजली-पानी की किल्लत। मजे का खाना हो तो खुद बनाओ, वरना दाल-रोटी।''

''एक मिनट। तुमने तो कहा था राघव गाँव जाएगा, लछमन यहीं रहेगा।''

''कहा था, पर वह अड़ गया है, साथ जाएगा।''

''बीवी को छोड़कर?''

''कहता है, बीवी उसे छोड़ रही है, वह बीवी को नहीं।''

''चलो, नाम के जाल से तो निकले। गुजरे जमाने में तो लक्ष्मण गए थे छोड़कर।''

''तुम्हें कैसे मालूम?'' उसने फौरन कहा। छोड़ो। दुबारा कवि की कल्पना वाला तर्क नहीं सुनना था मुझे।

''ओ मित्र दशरथ,'' मैंने कहा, ''कनिष्ठ पुत्र को आज्ञा दो, यहीं रहे।''

''क्या फायदा? वह रहे या जाए, डंडा तो उर्मिला चलाएगी। भरत का क्या होगा?''

मैंने उसे समझाया कि भरत को ननिहाल में ही रहने दे, राघव गाँव नहीं जाएगा तो लछमन को भी रुकने का बहाना मिल जाएगा। यथास्थिति को बनाए रखने में ही कल्याण है।

वह स्यापा करता रहा। अब क्या हो सकता है। बुला चुका। भेज चुका। होता वही है जो होना हो।

मैंने दूसरा मोर्चा खोलना चाहा, कहना चाहा कि उर्मिला जैसी अर्थशास्त्र की प्राध्यापिका को हलवाई की दुकान में क्या दिलचस्पी होगी। पर मैं अच्छी तरह जानती थी कि हलवाइयों की आमदनी इतनी होती है कि नया अर्थशास्त्र लिखवा ले।

''राघव की पत्नी तो साथ जा रही होगी?'' मैंने बात बदली।

''हाँ,'' उसने कहा।

''नाम सीता है क्या?'' मैं फिर ठिठोली कर बैठी।

''था तो गीता। भाँवरों पर हमने सीता कर दिया।''

बहुत अच्छे, खुद बल्लम उठाओ, खुद छाती में घुसेड़ लो और मलहम लगवाने आओ हमारे पास।

मैंने हाथ का छूटा काम दोबारा सँभाला ही था कि वह फिर आ पहुँचा। पीली पड़ी काया घसीटता हुआ आया और बोला, ''मुझे मरना पड़ेगा।''

''ऐसी क्या बीमारी हो गई?'' पूछना पड़ा।

''भरत राघव को लौटाने गाँव गया है। नहीं ला पाया तो मुझे मरना पड़ेगा।''

मैंने कहना चाहा, राजा दशरथ तो उसके जाने से पहले ही मर गए थे, पर कह नहीं पाई। वह वाकई लबेदम लग रहा था।

''तो भरत लौट आया!'' मैंने फिजूल बात कही।

''लौट भी आया और दुकान चलाने से मना भी कर दिया। बहुत मनाया-समझाया, पर बेकार। कहता है, बूढ़े आदमी के बाल सफेद नहीं होते, दिमाग में भी फफूँद लग जाती है। ऊपर से...'' वह रोने को हो गया।

''कैकेयी क्या चाहती है?''

उसके आँसू ढुलक ही पड़े। कहती है, ''वे नहीं लौटे तो वह भी भरत के साथ मायके चली जाएगी।''

''लौट आएगी।''

‘‘नहीं आई तो?’’

‘‘आएगी क्यों नहीं? जब तुम उसकी अनकही फरमाइश तक पूरी करने के लिए जान लगा रहे हो तो वह कुछ तो प्रतिदान देगी।’’

‘‘अनकही करने में ही तो मारा गया। वह कहती है, जब कुछ समझते नहीं तो करने क्यों जाते हो? मुझसे सचमुच भयंकर गलती हो गई। उसने भरत को राजधानी पढ़ने भेजा था, कौशल्या वगैरह से बचाने नहीं। क्या तो एम.बी.ए. की डिग्री लेकर आया है? जाने क्या कानून है कि वह लेकर मिठाई की दुकान नहीं चला सकते। मैं बूढ़ा आदमी ठहरा, नये-नये कानूनों की खोज-खबर कहाँ तक रखूँ।

‘‘यह कहने वाले तुम पहले आदमी नहीं हो, पर अपनी कहो, तुम्हारे साथ क्या हुआ?’’

‘‘समझ में नहीं आता, ये सुकन्या और कौशल्या घंटों हँस-हँसकर क्या बतियाती रहती हैं? न ईर्ष्या-द्वेष, न ऊब-थकन। गप्पों का अकूत खजाना पास हो जैसे।’’

‘‘तुम्हारे बारे में बतियाती होंगी।’’

‘‘इतना हँसकर?’’

‘‘और क्या रोकर करेंगी! इसीलिए, हँसकर ही करेंगी न।’’

‘‘और भरत है कि राघव-राघव रटता घूम रहा है। जैसे वह उसका परम हितैषी हो और मैं परम शत्रु।’’

‘‘एम.बी.ए. का कमाल है। बढ़िया मैनेजर बनेगा। मुनाफा कहाँ है, जानता है।’’

‘‘राघव क्या देगा उसे?’’

‘‘आजादी। राजधानी लौटकर अफसर बनने की। इसीलिए तो ननिहाल भेजा गया था।’’

‘‘मेरा क्या होगा?’’

‘‘होगा वही जो होना है,’’ मेरे मुँह से निकला।

‘‘मुझे मरना पड़ेगा।’’

‘‘अरे नहीं। वे लोग लौट आएँगे। गाँव में आजकल कौन रहना चाहता है। भरत लेने जाएगा तो नाक ऊँची रखके लौट सकेंगे।’’

‘‘हा राघव! हा राघव!’’ उसने कहा, ‘‘मुझे बचा लो, प्रभु!’’

उसके बाद दशरथ नहीं आया। मैंने सोचा, सब कुशल मंगल होगा, लौटने वाले लौट आए होंगे, जाने वाले चले गए होंगे, मिलने वाले मिल रहे होंगे तो दोस्त को कौन याद करे। अब

जाकर कहानी में रंग आया था और अब ही निबट ली। चलो, दशरथ खुश तो मैं खुश।

पंद्रह-एक दिन हुए होंगे कि दशरथ के घर से बुलावा आया। वह खाट से लगा पड़ा है और मुझे याद कर रहा है।

पहुँची तो देखा दशरथ की खाट पर दायीं तरफ कौशल्या बैठी है, बायीं तरफ कैकेयी। भरत शिकार खोये शिकारी की तरह कमरे में डोल रहा है। उर्मिला दूर कुरसी पर पत्थर बनी बैठी है। पायताना खाली देख मैं वहीं बैठ गई।

नया दर्शक देख भरत गुर्राया, ''साफ मना कर दिया लौटने से।''

उसके एक हाथ में खड़ाऊँ थी। उसने जोर से वह जमीन पर पटकी। आश्चर्य! आधुनिक भरत भी खड़ाऊँ लेकर लौटा।

''तुम इसे गद्दी पर रखकर दुकान चलाओगे?'' मेरे मुँह से निकला।

''दुकान चलाएँ मेरे दुश्मन!'' उसने दशरथ को घूरा।

''पर...खड़ाऊँ?''

''राघव ने पकड़ा दी। गाँव के घर में आग लगी तो वह जली नहीं। कहा, शुभ है। बकवास!''

''वाह! लकड़ी होकर जली नहीं। चमत्कारी है,'' कौशल्या बोली, ''दुकान पर जरूर रखना।''

''तेज गरमी झेलकर लकड़ी पत्थर हो जाती है, उसमें चमत्कार क्या है?'' एम.बी.ए. भरत फिर गुर्राया।

''सो तो है,'' मैंने अनुमोदन किया, ''पंडित जी काठ की कलछी से आहुति देते हैं कि नहीं, हवनकुंड में?''

''फिर भी,'' उर्मिला की प्रस्तर प्रतिमा मुखर हुई तो कमरा निस्तब्ध हो गया, सबकी आँखें उस पर टिक गईं, ''एंटीक खड़ाऊँ,'' उसने कहा, ''सँभालकर रखनी चाहिए।''

भरत ने उसे जमीन से उठाकर खाट पर रख दिया।

''मेरा क्या होगा?'' दशरथ कराहा।

''वे लौटे क्यों नहीं?'' मैंने पूछा।

उर्मिला वापस पत्थर बन गई। कौशल्या रो दी। सुकन्या बाहर चली गई। भरत उफन पड़ा।

''गाँव पसंद आ गया।''

''वह क्यों?'' मैं हतप्रभ थी।

‘‘कहते हैं, हवा आर-पार चलती है। स्वच्छ-शीतल।’’

‘‘हवा के मारे किसी को घर छोड़ते सुना है?’’ कौशल्या बोली, ‘‘हवा तो सृष्टि के शुरू से चल रही है, नहीं?’’

‘‘कहते हैं, गाँव में पंखे-कूलर की दरकार नहीं है। पेड़ों से छनकर आती हवा सुखद लगती है।’’

‘‘हवा तो हवा है,’’ कौशल्या कहती रही।

‘‘अभी तो वहाँ और पेड़ लगाएँगे, कहते हैं, देहात को जंगल बनाएँगे। जरा सोचो, तमाम धरती पर पेड़-पौधे उगा देंगे तो कारखाने, होटल, बाजार कहाँ बनेंगे? कोठी-बंगलों को जमीन कैसे मिलेगी? विकास कैसे होगा? कंपनियों का तो भट्ठा बैठ जाएगा।’’ भरत बेहद नाराज था।

‘‘परेशान मत हो,’’ मैंने दिलासा दिया, ‘‘पहले-पहल प्रकृति के दर्शन किए हैं। शौक पूरा होते ही लौट आएँगे। बहुतेरे प्रकृतिप्रेमी देखे हैं।’’

सहसा उर्मिला की आँखों में चमक आ गई। पत्थर की मूरत सजीव हो उठी। पूछा, ‘‘पर्यावरण की बात कर रहे थे क्या?’’

‘‘हाँ, वही,’’ भरत ने कहा।

‘‘बच गए। पर्यावरण में तो किसी भी मल्टीनेशनल को रुचाया जा सकता है। आज की सुपर बिकाऊ चीज है,’’ उर्मिला चहकी।

‘‘और मैं मिठाई बेचूँगा।’’ भरत कटु था, पर उर्मिला ध्यानमग्न थी। गहरे सोच में मुब्तिला, पर पहले की तरह उदास-हताश नहीं।

‘‘अब तुम खाट छोड़ो दशरथ, उठकर दुकान चलाओ, भरत को वह करने दो जो करना चाहता है,’’ मैंने कहा।

‘‘पूरी बात तो सुन लो।’’

‘‘अब क्या है?’’

‘‘वे कहते हैं, वहाँ ग्रामवासियों और वनवासियों को राक्षसों से बचाएँगे। उनसे लड़ेंगे।’’

कौशल्या बुक्का फाड़कर रो दी। सुकन्या आकर उसे बाहर ले गई।

‘‘आजकल कौन-से राक्षस होते हैं?’’ मैंने कहा।

‘‘तभी कौन-से होते थे? जो अपने से दीर्घकाय दिखा, जिससे लड़ाई छेड़नी हुई, उसे राक्षस बतला दिया।’’

‘‘राघव कहते हैं, ऊँची जात के लोगों ने निजी फौजें बना रखी हैं, गाँववालों की सामूहिक जमीन हड़प लेते हैं, उन्हें मार गिराते हैं। वे गाँववालों की सेना बनाकर उनसे लड़ेंगे। उनका नेता दशानन बहुत खूँखार है,’’ भरत ने कहा।

‘‘हे राम!’’ दशरथ विलाप कर उठा, ‘‘वह सीता को उठा ले जाएगा। राघव-लछमन कुछ नहीं कर पाएँगे। अब वह जमाना नहीं रहा, जब दस-बीस को मारकर और दो-चार के नाक-कान काटकर, न्याय लिया जा सकता था। कलियुग में कानून न न्याय करता है, न करने देता है।’’

डर ने दशरथ की बुद्धि खासी तीक्ष्ण कर दी थी। मुझे कुछ नहीं सूझा तो उर्मिला से कह उठी, ‘‘तुम जाकर समझाओ न?’’

‘‘महापुरुष को कापुरुष बनाने का काम मैं नहीं करूँगी।’’ आँखों की चमक कायम रखकर उसने कहा।

अब मैं भी डर गई। कलियुग में सतयुग का घालमेल बड़ा भयावह लगा। अब कुछ भी संभव था।

उसी रात दशरथ की हृदय गति रुक गई। वह चल बसा।

दशरथ गया तो भरत को दो माँओं और एक दुकान का बोझ अपनी गरदन पर पड़ता दिखा। रात के अँधेरे में चुपचाप घर छोड़कर भाग रहा था कि उर्मिला ने धर पकड़ा। समझा-बुझाकर फैजाबाद में बने रहने पर राजी किया। उसके लिए सुकन्या नहीं, कौशल्या उसकी आभारी हुई। यह बात उसने मुझे तभी बतलाई थी। बाद में तो दशरथ के जाने पर मेरा उस घर से संपर्क टूट गया। पर उनकी जानकारी मिलती रही। दुकान-दुकान, चौराहे-चौराहे और टी.वी के पर्दे पर।

मालूम हुआ कि देसीराम मिठाई की दुकान और मल्टीनेशनल ‘चॉयसको’ का विलय हो गया है। नया नाम है, देसी चॉयसराम। उसकी पुरानी पारंपरिक मिठाइयाँ, सेहतमंद, कीटाणुरहित, वैक्युम पैक्स में दुकान-दुकान बिकती हैं। साथ में कुछ नया आधुनिक, चॉकलेट-केक मिश्रित मिष्ठान्न भी उसी नाम से बिक रहा है। उसके दिलकश, दिलफरेब विज्ञापन हर चौराहे और टी.वी. चैनल पर देखे जा सकते हैं। उनसे यह भी मालूम हुआ कि ‘चॉयसको’ की भारत शाखा की आर्थिक सलाहकार उर्मिला है और एक्जीक्यूटिव चीफ, भरत।

इतना सब सार्वजनिक तौर पर पता चला, पर राघव, सीता, लछमन के बारे में कोई समाचार नहीं मिल पाया। जानने की जिज्ञासा भी हुई, एकाध बार भरत और उर्मिला से संपर्क करने की कोशिश भी की, पर वे इतने व्यस्त और भ्रमणशील पाए गए कि सालों बीत गए, संपर्क नहीं हो

पाया। इस बीच अखबार से ही पता चला कि कौशल्या नहीं रही और सुकन्या चॉयसको इंडिया की राजधानी शाखा में संपर्क अधिकारी नियुक्त होकर चली गई।

कभी-कभी मन में खयाल तो आता था, पता नहीं राघव राक्षसों का संहार कर पाएँगे या नहीं? पर पता करने का उपाय नहीं था।

फिर एक दिन अखबार की सुर्खियों में खबर छपी कि पीर, पारंगत, प्रवीण और पर्यावरण प्रेमी 'चॉयसको' बहुराष्ट्रीय कंपनी ने उत्तर प्रदेश के पिछड़े इलाके में बसे महमूदाबाद गाँव को गोद ले लिया है। नये वारिस का नाम महमूदाबाद से बदलकर पंचवटी रखा गया है। एक जबानदराज के एतराज करने पर कि पंचवटी गोदावरी नदी के तट पर थी, जबकि महमूदाबाद घग्घर किनारे है, स्थानीय नेता श्री दशानन जी ने कहा, बाजुओं में दम होना चाहिए, हम घग्घर को गोदावरी बना देंगे। जनता ने इस प्रस्ताव का तालियाँ बजाकर स्वागत किया। ज्ञातव्य है कि 'चॉयसको' पंचवटी में आलू की भजिया और टमाटर की चटनी बनाने का, अति आधुनिक तकनीक से चलने वाला, एक बड़ा कारखाना खोल रही है। खटारा तकनीक से चलने वाली तमाम स्थानीय खाँडसारी मिलें कंपनी ने खरीद ली हैं। उनका नवीनीकरण करके, खांड के बजाय कोला लेमनचूस बनाने की योजना है। इसके अलावा, इस प्रगतिशील बहुराष्ट्रीय कंपनी ने संकल्प लिया है कि वह पंचवटी के पर्यावरण को समृद्ध बनाएगी। इस अभियान के लिए उसे विश्व बैंक ने 15 करोड़ रुपये का ऋण दिया है। एक सार्वजनिक सभा में, भारतीय शाखा की आर्थिक सलाहकार श्रीमती उर्मिला देवी, एक्जीक्यूटिव डाइरेक्टर श्री भरत देव, स्थानीय नेता श्री दशानन जी और पितृ कंपनी के अध्यक्ष जॉन द माइटी ने मिलकर शपथ ली कि कारखानों और रिहाइशी बंगलों के निर्माण के लिए, वे जितने पेड़ काटेंगे, उतने ही दोबारा रोपेंगे। यही नहीं, विश्व के बाजार में निर्यात करने के लिए अंतरराष्ट्रीय रूप से लोकप्रिय फूलों की बीस-पच्चीस किस्में भी वहाँ उगाई जाएँगी। जबानदराज ने जब कहा कि फूलों की बागवानी में कीटनाशक जहर सबसे ज्यादा इस्तेमाल होता है, जो पर्यावरण को दूषित करता है तो दशानन जी ने कहा, ऐसे प्रतिक्रियावादी, विकास विरोधी तत्वों का ध्वंस करने के लिए भी 'चॉयसको' कृतसंकल्प है। अनुमान है कि भजिया, चटनी, लेमनचूस और फूलों के उत्पादन में, बदन से दुरुस्त गाँव के हर मर्द, औरत, बच्चे को काम मिल सकेगा। 'चॉयसको' के राज में पंचवटी का भविष्य इतना उज्ज्वल है कि शीघ्र ही वह भारत का नहीं, अमेरिका या यूरोप का हिस्सा नजर आने लगेगा। तो क्या राघव, सीता, लछमन घर लौट आएँगे? इतनी खुशहाली के बीच, जब तमाम राक्षस कंपनी

के कर्मचारी बन जाएँगे, भला वे किसका गरदन भंजन करने वहाँ टिकेंगे? फिर उससे भी पते की बात यह कि विरसे में मिली खाँडसारी मिल हाथ से निकल गई। अब तो दो ही रास्ते बचे हैं। या तो 'चॉयसको' के कारखाने में काम ढूँढ़ो या वापस घर को पलटो। देखें, क्या होता है।

एक साल बीत गया। न वे लौटे, न उनकी कोई खबर मुझ तक पहुँची। यह जरूर पढ़ने में आया कि पंचवटी में वृक्षारोपण का महान कार्य संपन्न करने के लिए, श्रीमती उर्मिला देवी को इंदिरा गाँधी वृक्षमित्र अवार्ड से नवाजा गया है और उन्होंने उसे अपने वनवासी पति लछमन के नाम समर्पित किया है।

उसी के आगे-पीछे एक खबर पढ़ने में आई। यह कि एक उप चुनाव के तहत पंचवटी कांस्टीट्यूएंसी से श्री दशानन जी लोकसभा के सांसद चुने गए हैं। कुछ दिन के अंतराल पर खबर आई कि दशानन जी केंद्रीय मंत्रिमंडल में सूचना प्रसारण मंत्री नियुक्त किए गए हैं।

यानी राक्षसों का तथाकथित नेता राजधानी पलायन कर गया। तब उर्मिला के पति अब तक वन गमन क्यों कर रहे हैं? राघव और सीता साथ हैं? पर क्यों? सवाल मन में उठा, पर बेकार रहा, क्योंकि जवाब देने वाला कोई मिला नहीं। भरत और उर्मिला की तरह सूचना मंत्री दशानन जी भी इतने व्यस्त और भ्रमणशील रहे कि उनसे संपर्क नहीं हो पाया, सूचना क्या मिलती।

इस तरह दो या शायद तीन साल बीत गए। मैं भी अनेक कामों में व्यस्त रही। फुरसत मिलने पर अखबारों को फिर से ध्यान देकर पढ़ना शुरू किया।

तभी एक सनसनीखेज खबर पढ़ने में आई।

पंचवटी में दैवी चमत्कार।

पंचवटी गाँव के निवासियों का कहना है कि कुछ दिन पहले उन्होंने एक अपूर्व लावण्यमयी स्त्री को दो रूपवान पुरुषों के साथ, घग्घर नदी में उतरते देखा। काफी दिन बीत जाने पर भी वे बाहर नहीं आए। पुलिस ने गोताखोरों की मदद ली, पर जिंदा या मुर्दा, कैसे भी उन्हें बरामद नहीं कर पाई। लोगों का कहना है कि उन तीनों का रूप लावण्य इतना तेजोमंडित था कि देखने वालों की आँखें चुंधिया गई थीं। लोगों के देखते-देखते वे एक प्रकाश पुंज में विलीन हो गए थे। उनकी मान्यता है कि वे और कोई नहीं भगवान राम-सीता-लक्षमण थे जो अपने दैवी स्वरूप की एक झलक दिखलाकर अंतर्धान हो गए।

'चॉयसको' कंपनी के प्रशंसकों का कहना है कि वे धरती पर नये बसे पंचवटी स्वर्ग को देखने आए थे।

जबानदराजों का कहना है कि वे यह चेतावनी देने प्रकट हुए थे, वहाँ किए जाने वाले पाप कृत्य तुरंत बंद हों। इस घटना को लेकर पंचवटी की जनता एकमत नहीं है। जन समुदाय दो गुटों में बँट गया है। एक गुट जल समाधि को ईश्वरीय चमत्कार मान रहा है तो दूसरा मानवीय आत्मघात।

पहले गुट की तरह दूसरा गुट भी दो उप गुटों में बँटा हुआ है। दोनों का मानना है कि वे तीनों आकृतियाँ एक पुरानी खाँडसारी मिल के मालिक राघव, उसकी पत्नी सीता और भाई लछमन की थीं। पहले उप गुट का कहना है कि मिल के 'चॉयसको' द्वारा खरीदे जाने के बाद से वे लोग बड़ी बदहाली में जी रहे थे। कंपनी को खाँडसारी मिलें न बेचने के लिए आंदोलन छेड़ने पर, ग्रामवासियों ने उनका साथ नहीं दिया, इसलिए उन्होंने अंततः घग्घर में कूदकर जान दे दी।

दूसरे उप गुट का कहना है कि बात इतनी सीधी नहीं थी। उसके भीतर एक और पेच था। दरअसल, दो साल पहले राघव की पत्नी सीता का अपहरण हो गया था। दोनों भाई उसे तलाश करते हुए यहाँ-वहाँ घूमते रहे थे। अंततः जब वह मिली तो तीनों ने इतना अपमानित महसूस किया कि नदी में जल समाधि ले ली। खबर के इस संस्करण में विश्वास करने वालों का मनोबल बढ़ाने के लिए शहर से कुछ स्त्री शक्ति समर्थक संस्थाएँ भी वहाँ जा पहुँची थीं।

चारों उप गुटों के बीच अपने-अपने विश्वास को लेकर काफी तनातनी फैली हुई थी। चाकू-छुरी चलने की वारदातों के बाद पूरे इलाके में बदअमनी फैलने का डर पैदा हो गया था। 'चॉयसको' कंपनी को जान-माल के नुकसान के साथ, उत्पादन दर में कमी आने की आशंका होने लगी थी। स्थिति गंभीर थी। उस पर नियंत्रण बनाए रखना जरूरी था।

एक बार फिर उर्मिला ने अपनी परिपक्व प्रबंधन बुद्धि का परिचय दिया। ऐसा हल निकाला कि चारों गुट चित्त हो गए।

ऐलान हुआ कि पंचवटी गाँव में चॉयसको कंपनी दो भव्य स्मारक बनवा रही है। एक भगवान राम-सीता-लक्ष्मण के नाम पर और दूसरा समाजसेवी राघव-सीता-लछमन के नाम पर। निर्माण कार्य युद्ध गति से चलेगा और एक साल के भीतर पूरा हो जाएगा। और वाकई, तमाम मुँहजोरों की भविष्यवाणी को झूठा सिद्ध करते हुए, साल पूरा होते-होते स्मारक बनकर तैयार हो गए। जिसने देखा, कहा, वाकई, पंचवटी भारत का नहीं अमेरिका या यूरोप का हिस्सा बन गया है। ऐसा सभी समाचार पत्रों और पत्रिकाओं में छपा देखा गया। दोनों स्मारक एक-दूसरे के प्रतिरूप थे। सवाल-जवाब में खरे। दोनों में हरीतिमा से घिरे उपासना स्थल थे। रेस्तराँ, पेप्सी

फाउंटेन, बच्चों के लिए क्रीड़ा उद्यान और स्थानीय हस्तकला के विक्रय केंद्र थे। स्त्री शक्ति समर्थकों और दूसरे गुट के उप गुट को संतुष्ट करने की खातिर, इनके अलावा नारी शिक्षा केंद्रों की स्थापना भी की गई थी, जिनमें हस्तकलाओं के साथ जूडो-कराटे का प्रशिक्षण भी दिया जाता था। 'जिससे फिर कभी कोई सीता अपहृत न की जा सके,' ऐसा श्री दशानन जी ने स्वयं अपने श्रीमुख से तब कहा, जब उनके करकमलों से स्मारकों का उद्घाटन संपन्न हुआ।

दोनों स्मारकों के बीच एक शिलालेख लगा हुआ था, जिस पर लिखा था, 'मनुष्य ईश्वर का रूप है, राघव-सीता-लछमन वे विभूतियाँ थीं, जिन्होंने शहर छोड़कर गाँव में बसने का निर्णय लेकर, पंचवटी के प्राचीन सत को कलिकाल में दोबारा स्थापित किया। वह सत जो स्वयं भगवान राम ने त्रेता युग में यहाँ प्रतिष्ठित किया था।'

जबानदराज ने फिर कहा कि उस गाँव का नाम पंचवटी नहीं महमूदाबाद था और प्राचीन पंचवटी घग्घर नहीं गोदावरी तट पर स्थित थी, पर उसकी बातों पर लोगों ने ध्यान देना कब का छोड़ दिया था।

श्रीमती उर्मिला देवी को अपनी अद्वितीय समाजसेवा के लिए मैग्सेसे अवार्ड से विभूषित किया गया जो उन्होंने अपने दिवंगत पति श्री लछमन देव के नाम समर्पित किया।

जूते का जोड़, गोभी का तोड़

''तुम्हें रिटायर हुए कै बरस हुए लाला?'' मोची ने जूता गाँठते-गाँठते पूछा।

''दस।''

''इस जूते को कै बरस में रिटायर करोगे?''

''तू कब रिटायर होगा?''

''मैं कौन सरकारी मुंशी हूँ कि रिटायर हूँगा?''

''मेरा जूता मुंशी है क्या?''

''ना, मेरे गले की साँसत है।''

''कमाई का साधन भी है न।''

''हाँ लाला, तुम्हारी पच्चीसी भरोसे जिनगी कट रई है।''

''पच्चीसी? पूरी अठन्नी लेता है।''

''चवन्नी-अठन्नी के दिन कब के लद लिये, लाला। अब जमाना पैसों का है। पचास पैसे की औकात आधी रह गई, इसलिए पच्चीसी कहा।''

''वाह, बड़ा खबरदार है। चुनावी रैली में जाने लगा क्या?''

''रैली में जाओ तुम, लाला। मैं बेकार नहीं बैठा।''

''तुझसे किसने कही, मैं बैठा हूँ।''

''क्यों, क्या करो हो? अफसर बेटे की खाते होगे या अपनी पैंसन।''

''बेटे की खाएँ मेरे दुश्मन! और पैंशन, उसकी पढ़ाई वास्ते पहले ही भुना ली थी मैंने। मेरे पास काम की कमी नईं है।''

''वाह, तेवर तो देखो! वही पूछा न, क्या करो हो?''

''गोभी उगाऊँ हूँ।''

''गोभी?''

‘‘हाँ।’’

‘‘फूल, पत्ता या गाँठ?’’

‘‘फूल, सफेद, गठा, सुगंधित फूल।’’

‘‘यह बतलाओ लाला, तुमलोग सब्जी को फूल क्यों कहो हो?’’

‘‘नाम है, कौन मैंने रखा है?’’

‘‘मैं बतलाता हूँ। बनियों का चरित्तर है, मूँग को मूँग ना कहते। किस्सा सुना है ना, अकबर-बीरबल का। बीरबल ने कही, बनिये साफ बात ना बोलते। अकबर ने कही, देखी जाए। तो दस बनिये बुलवाए और मूँग दिखलाई, पूछा, यह क्या है? बनियों ने सोची, कुछ चक्कर है, वरना मूँग को ‘क्या है’ करके क्यों पूछेगा बादशाह। तो आँखों-आँखों में सलाह की। फिर आधे बनिये बोले मूँ, और आधे बोले, ग। मूँग किसी ने ना कही,’’ कह मोची इत्ता हँसा कि खाँसने लगा।

हँसा लाला भी, पर यह जोड़े बगैर न रहा, ''किस्से-कहानियाँ सुनाने का बड़ा शौक है। पर मुझसे बाजी नहीं मार सकता। मैंने किस्से सुना-सुनाकर अपनी गोभी को दस सेर का कर लिया था। नौचंदी में पहला इनाम मिला था; मेरठ शहर की सबसे बड़ी मेरी गोभी को। दस किलो वजन उतरा था।''

''अरे लाला, क्यों झूठ बोल बुढ़ापा बिगाड़ रहे हो अपना।''

''बूढ़ा होगा तू! मेरी साँसों में अभी दम है।''

''हाँ, फूँक-फूँक फुला लई गोभी।''

''फूँक-फूँक नहीं, कहा न, किस्से सुनाकर।''

''किस्से सुनकर गोभी फूल गई!''

''हाँ यार, फल-सब्जी में भी जान होवे है। हमारी-तुम्हारी तरह। मन बहले तो वजन बढ़े है न। बचपन में तू सुने था कि नहीं, कहानी सुनकर खुश होवे था कि नहीं? अभी अपने किस्से पर हँसा था या नहीं? हा-हा-हा!''

''हूँ'' मोची ने सोचकर हुँकारा भरा, ''तो कित्ती रात सुनाए किस्से?''

''पहले कभी-कभार सुनाता रहा। फिर मुझे अपने खुफिया विभाग से पता चला कि मुंशी खेमचंद की गोभी पाँच से ऊपर पहुँच ली तो...''

''खुफिया यानी ठुल्ला भंगी। वही जो झाड़ू मारते-मारते इधर की उधर करे है।''

''देख, भंगी को भंगी नहीं कहते, कानूनन जुर्म है।''

''पर लाला को लाला कहना जुर्म नहीं है?''

''नहीं।''

''और मोची को मोची कहना?''

''वह भी है।''

''क्यों है?''

''अब मुझे क्या पता?''

''पता करो लाला। इसलिए कि हम नीच जात हैं। हमें हमारी जात से नहीं पुकारा जा सकता। तुम ऊँची जात हो, इसलिए तुम्हें बनिया कहा जा सकता है, अन्याय है कि नहीं?''

''है तो। पर कानून बनाया न्याय खातिर था।''

''वही लाला। हमारे संग न्याय करोगे तब भी अन्याय होगा।''

‘‘तू तो वाकई बड़ा ज्ञानी है यार। मेरी मान, चुनाव में खड़ा हो जा। बहस में कोई नहीं जीत सकता तुझसे। फिर, आरक्षण भी है!’’

‘‘अपनी जात वालों के वोट पूरे ना पड़ेंगे। तुम दोगे?’’

‘‘जरूर दूँगा। बल्कि तमाम बनियों में तेरा प्रचार करूँगा।’’

‘‘तुम्हारी मानेगा कौन? सारा दिन मोची के पास बैठे बतियाते हो। तुम्हारी जात रही कहाँ, लाला?’’

‘‘जात रहे न रहे, गोभी रहनी चाहिए। मैं गोभी की कह रहा था, यह जात बीच में कैसे आई?’’

‘‘चुनाव की कहोगे तो जात आएगी-ही-आएगी। चोली-दामन का साथ है। पर तुम अपनी गप कहते चलो। मच्छीमारों की तरह एक की दस कर रहे हो न लाला, या पूरी-की-पूरी सोनमछली गढ़ डाली?’’

‘‘नहीं रे, गप नहीं, सौ फीसदी सच है मोची,’’ लाला ने दम साध ‘मोची’ शब्द उचार दिया। मोची खुश हुआ। बोला, ‘‘देखूँ तो जानूँ लाला। अगली बार दिखला देना।’’

‘‘अगली बार क्यों, इसी बार देख ले। फोटू लटका है गोभी का, मेरी बैठक की दीवार पर। चल, देख ले।’’

‘‘अभी? और जूते तुम गाँठोगे?’’

‘‘मैं क्या मोची हूँ?’’

दोनों ठठाकर हँसे।

‘‘काम खतम करके आ जाइयो मेरी बैठक पर।’’

‘‘क्या बैठक-बैठक लगा रखी है। कुठरिया-भर है पास।’’

‘‘जहाँ बैठू हूँ, उसे बैठक नहीं तो घुड़साल कहूँ रे घोड़े?’’

‘‘मैं गधा हूँ, मेहनत करता हूँ, मेहनत की खाता हूँ।’’

‘‘मैं भी ठेठ बनिया हूँ। जिसकी खाऊँ, उसे पूजूँ।’’

‘‘चाहे गोभी हो?’’

‘‘बिलकुल। दसेरी। बेचता तो मिलते 50 रुपये। इनाम पाया 500 का। बतला, गोभी बड़ी कि भैंस?’’

‘‘कित्ते दिन पकाई-खाई?’’

‘‘खाई कहाँ? गोभी तो जजों ने रख ली।’’

''इसी दम पर बनिया बनो हो। फोटू में खुश।''

''क्यों नकदी ना मिली, पाँच सैकड़ा।''

''ठेठ बनिया होते तो नकदी भी लेते, गोभी भी। मोहल्ले में बाँटते, सुनाम होता।''

''तू तो यार मेरा बाप निकला!''

मोची हँसा। लाला साथ न दे पाया।

बोला, ''देख, तू मोची है, यह तेरा धंधा है। जैसा मेरा मुंशीगिरी। अपने मोची-मुंशी भले।''

''तुम मुंशी कहाँ, अब तो माली हो।''

''हूँ तो। बड़ा सुकून है इसमें। ईश्वर भी दुनिया की बगीची का माली है। पालनहार। कलमघिस्सू होने से कहीं बेहतर है माली होना।''

''यह बतलाओ, पाँच सौ नकद मिले तो नया जूता क्यों ना खरीदा? इसे कब तक गँठवाओगे? दस बरस हो लिये। इस पर भी इनाम पाना है क्या?''

लाला हँस दिया। ''तेरे पेट पर लात क्यों मारूँ?''

''पच्चीसी में मेरा पेट ना भरता। मेरी फिक्र छोड़ो, अपनी कहो। पाँच सौ रुपये क्या किए?''

''छह महीने से उसी को खा-पूज रहा हूँ कि नहीं!''

''लो, जूता तैयार है, पर मेरे सवाल का जवाब देते जाओ, कब तक गँठवाओगे?''

''जब तक तू मरेगा नहीं।''

''इससे तो मौत भली।''

''देख, फुसफुस कर बोली न मार। कान मेरे तेज हैं बुढ़ऊ!''

''बुढ़ऊ न कहना। हड्डियों में दम है, उँगलियों में लोच। तभी तुम्हारी फटीचर जूता गाँठ पाता हूँ।''

''मुंशी रहा होता तो कब का रिटायर हो लेता। शर्त बद ले, तू मुझसे बूढ़ा है।''

''एक जूता गाँठकर दिखलाओ तो जानूँ।''

''दसेरी गोभी उगा तो जानूँ।''

''फिर गोभी। अच्छा, किस्से सुनाकर वजन बढ़ाया था न। मुझसे कर लेना मुकाबला किसी दिन!''

''बोल, किस दिन?''

''अगली अमावस को रख लो। हर अमावस को हम महफिल लगाते हैं। दारू के साथ सिंघाड़ा, मक्का, छोलिया, जो मिले, अलाव पर भूनकर खाते हैं। खाने-पीने के साथ किस्से खूब चलते हैं। कसम जूते की, हराकर छोड़ूँगा!''

''कसम रामजी की खाई जावे है, जूते की नहीं।''

''राम रोटी ना देता। जूता देता है। जो पेट भरे, सो पालनहार। कसम जूते की, जो कभी और कोई कसम खाई।''

''चल, पहुँच जाऊँगा।''

''जूता पहन के देख लो।''

लाला ने पहना, परखा, कहा, ''सखत है।''

''बहुत समझो खड़ाऊँ ना बन लिया। दस बरस से गँठवा रहे हो, बनिए कहीं के!''

''माली कह, माली!'' कहता लाला चला गया।

पर अगले दिन फिर हाजिर।

''क्या हुआ? एक गँठवाया तो दूसरा बोल गया?'' मोची ने देखते ही कहा।

''ना, मैं यह पूछने आया कि अगली अमावस तेरे अलाव पर आया तो तेरी जात वालों को एतराज तो न होगा?''

''ना लाला, यही तो अन्याय है। तुम्हें हमें अपनी महफिलों में बुलाने में एतराज है, हमें तुम्हें बुलाने में नहीं।''

''ऐसी जली-कटी सुनाने को बुला रहा है तो मैं ना आने का।''

''डर गए?''

''डरूँगा क्यों?''

''बनिये जो ठहरे ठेठ।''

''अब कहाँ, अब तो माली हूँ। चल, पक्की रही।''

''एक शर्त है। हार गए तो दुबारा जूता नहीं गँठवाओगे।''

''चवन्नी का नुकसान करेगा?''

''कर लूँगा। मुझ पे और बहुत काम है। तुम अपनी कहो, गोभी-पुराण हो लिया। अब कैसे चलाओगे? अफसर बेटा भेज रहा होगा नकदी।''

''मैं अपनी कमाई खाता हूँ, किसी अफसर की भीख नहीं।''

''तमतमाओ मत लाला। बेटे की कमाई खाने का हक नहीं है क्या हमारा?''

''अरे, बेटे तो रेजगारी की तरह होते हैं। जेब से काढ़ो तो यहाँ-वहाँ बिखर जाएँ। उससे तो अपना फटा-पुराना रुपये-दो रुपये का नोट भला। तू अपनी कह, तेरा बेटा कभी तेरे साथ

दिखलाई नहीं देता। कहीं और जूते बनाता है क्या?''

''खबरदार लाला, मेरा बेटा मोची नहीं, अफसर है!''

''वाह बच्चू, और अफसरी के ताने मुझे दे रहा था। कहाँ अफसर है तेरा बेटा?''

''जहाँ तुम्हारा है। शहर में। सरकारी डिपाट में।''

''नाम क्या है?''

''रामदीन।''

''मेरा बेटा, रामसेवक।''

''तब तो हम दोनों रामू के बापू हुए।''

दोनों हँसे, फिर लाला बोला, ''तेरा बेटा अफसर है तो तू अब तक जूते क्यों गाँठता है?''

''क्योंकि मोची वह या तुम नहीं, मैं हूँ। उसमें हुनर न आया तो मैं अपना क्यों खोऊँ?''

''वाह बेटा! और मुझे सीख दे रहा था, बेटे की कमाई क्यों न खाता! अब सुन मेरी बात। तू मोची, मैं माली। इस मौसम में मैं लौकी उगा रहा हूँ, नुमाइश खातिर, बीस सेर की होगी पूरी।''

''किलो कहो, किलो।''

''तेरी भी...मुर्गे की एक टाँग। किलो हो या सेर।''

''बस किसी से कहियो मत, नजर लग जावे है।''

''पच नहीं रही अपन को।''

''मेरा भंडा फोड़ेगा?''

''नहीं लाला, यकीन ना आ रहा। सच में तुम्हारी गोभी दस सेर की थी? और अब लौकी...''

''चल न मेरी बैठक पर। अभी अपनी गोभी के दर्शन करा दूँ।''

मोची ने खोखा उढ़काया और लाला के साथ कोठरी पर जा पहुँचा।

कुठरिया के भीतर चार दीवार, एक छत। एक खाट, एक कुरसी, एक तिपाई। दाईं दीवार की अलगनी पर एक धोती, एक सदरी। सामने पूरी दीवार को ढके, सुनहले फ्रेम में मढ़ी फूल गोभी की तस्वीर। तस्वीर पर सूखे लाल गुलाब के फूलों की माला।

इनाम मिला तभी लाला को पहनाई गई थी। शायद ताजे गुलाबों की रही हो, वक्त के साथ सूख गई हो। लाला संत तो था नहीं कि फूल ताजे-के-ताजे रहते। या हो सकता है, शुरू से कागज के फूल रहे हों। जो हो, माला लाला के गले से उतर गोभी पर आ टिकी थी।

लाला ने मोची को बैठने को खटिया दिखलाई। बैठ लिया तो खुद पास आ बैठा।

मोची ने टक लगाकर फोटू ताकी, हँसा और बोला, ''वाह लाला, गोभी पर माला भी ठोक दी! माला रामजी पर चढ़ाई जावे हैं, गोभी पर नहीं।''

''रोटी रामजी ना देते, गोभी देती है।''

''मान गया लाला!'' मैं भी अपने खोखे में जूतों पर माला चढ़ा रखूँगा।''

''ना-ना, ऐसा ना करना!'' बेसाख्ता लाला के मुँह से निकला।

''क्यों? बामन नाराज हो जावेगा?''

''हाँ...पता...नहीं...'' अनेक मुलाकातों में लाला पहली बार हकलाया।

''तुम गोभी को राम मानकर माला चढ़ा सको हो, मैं जूते पर नहीं?''

''मैं...मैं...ने...''

''क्या मैं....मैं...ने...ने? साफ कहो, जूते को रामजी मान माला चढ़ाई तो मेरे सिर पर जूते मारेंगे?''

''तुम बुरा मानो या भला, सच बात यही है रामू के बापू।''

''तुम भी इसे गलत मानते हो?''

''मैं नहीं मानता रामू के बापू, वे मानेंगे।''

''रामू के बापू किसे कहे जा रहा है तू! रामू का बापू होगा तू। मैं मोची हूँ, मोची। मोची कहते जबान गलती है तेरी, रामू के बापू!''

''चलो, हम दोनों रामू के बापू हैं। अब गुस्सा थूक दो। चाय बनाता हूँ, पीकर जाना।''

''तू पी। मुझे नहीं पीनी!'' फनफनाता मोची उठकर बाहर चला, जाते-जाते बुदबुदाता गया, ''कसम जूते की, जूतों को माला पहनाकर रहूँगा। न पहनाई तो मेरा नाम...नहीं!''

लाला बहरा नहीं था, फिर भी बाहर जाते मोची ने जो नाम उचारा, सुन नहीं पाया। असल बात यह थी कि, अपनी जान में पहली बार, मोची ने उसे 'तू' कहा था। रास्ते में कुड़कुड़ाता, बुड़बुड़ाता चला जा रहा होगा तो औचक दिमाग में कौंध जाएगा। बस हो जाएगा किस्सा-कोताह। कल मिलेगा तो यूँ दिखलाएगा जैसे आज कुछ हुआ ही न था।

यही हुआ।

मोची का माथा जबर गर्म था। ''साला लाला, बार-बार मुझे रामू के बापू कहे जा रहा था। तुम बुरा मानो या भला, सच बात यही है। मैं भला बुरा क्यों मानूँगा? अन्याय की बात मैंने ही तुझे बतलाई थी ना। तेरे दिमाग में तो ना उपजी। अरे, तू क्या मुझे सीख देगा? तू... मैं...तुम... एल्लो, वह मुझे तुम कहे जा रहा था, और मैं उसे तू।'' मोची हँसा, मन बहला, बोला, ''हम दोनों रामू के बापू होने लायक हैं।'' हँसा तो चाय छोड़ आने का अफसोस मन में जगा।

लंबी साँस भर रहा था कि दोबारा फिक्क से हँस दिया। सूखे गुलाबों की माला पहने गोभी याद आ गई थी।

अगले दिन लाला खोखे पर आया तो बतलाया कि अगली अमावस से पहले, पूनम की रात को सब्जियों की नुमाइश लगने वाली है। इस बार उसकी लौकी जीतेगी। इनाम लेकर ही वह मोची से मिलने आएगा।

''तब तक लौकी को लोरी सुनाओगे?''

''लोरी नहीं पगले, सुलाना थोड़ा है!''

''क्यों, जितना सोएगी, उतना मुटाएगी।''

''बात तो तेरी पते की है। रात में लोरी, दिन में किस्सा।''

''लाला, तुम्हारा खुफिया कल कह रहा था, चौधरी चरणदास भी ये लंबी-चौड़ी दूधी उगा रहा है। सावधान रहना।''

''अच्छा किया तूने बतला दिया। तब तो एक मिनट भी घर से बाहर बिताना ठीक नहीं। चलता हूँ। अब जीतने पर ही मिलना होगा।''

''और न जीते तो?''

मोची बोला, ''कहो तो यह किस्सा लौकी को सुना जाऊँ?''

''ना, मैं खुद सुना लूँगा। तुझे देख काली पड़ गई तो?''

''जाओ लाला, ठुल्ले को चाय पिलाओ और खुफियागीरी करवाओ।''

बात मोची की सही थी। ठुल्ले को लाला खूब शक्कर डाल, बिना टूटे प्याले में चाय पिलाता था। इसीलिए वह उसका मुरीद हो गया था। महाभारत के संजय की माफिक सारी खबर सुना जाता था। लाख चरणदास जवान होती लौकी को पत्तों से ढक-ढाँपकर रखे, ठुल्ला भंगी संजय की करामाती नजर रखता था। दूर से देख भाँप जाता, वजन कितना हो लिया।

उसके चलते लाला सचमुच लौकी का होकर रह गया।

यूँ कच्ची नींद में चौंक-चौंक उठते और बैठे-बैठे झपकी लेते, अधसोए होश, लौकी को गाने-गप्पें सुनाते, खरामाँ-खरामाँ नुमाइश का दिन करीब आने लगा। जूता पैर में डालने की उतने दिन लाला को जरूरत ही न पड़ी।

खुली आँखों सपना लेता लाला बार-बार तीन कौल दुहराता। पहला, इनाम मिलने पर रकम के साथ लौकी भी झटक लेगा। मोची भी याद करेगा कि कोई असल बनिया उसका यार था। दूसरा, इनाम की रकम से मोची के लिए एक खेस खरीदेगा। खेस बड़ी करामाती चीज है। ओढ़ो चाहे बिछाओ और जरूरत हो तो बदन पर लपेट लो। मोची के बदन पर आधी धोती छोड़ कोई साबुत कपड़ा न था। अभी गरमी थी तो क्या हुआ, एकाध महीने में ठंडी रातें शुरू हो जाएँगी। मेरठ शहर की यही फितरत है। या बेहद गरमी या बेहद ठंड।

तीसरा, नुमाइश निबट ले तो लंबी तानकर सोएगा। हफ्तों की नींद रात भर में पूरी होने से

रही। सोएगा तब तक जब तक सूरज ठीक सिर पर न आन घिरे।

नुमाइश का दिन आया। लाला की लौकी को पहला इनाम मिला, पाँच सौ नकद और ताजा गेंदे की माला। फोटो खिंचने से पहले लाला बोल पड़ा, "मुझे फोटो नहीं, लौकी दिलवा दीजिए।"

जजों ने एक-दूसरे को ताका, आँखों-आँखों में सलाह की और मशविरा मान लिया। लौकी खासी बेस्वाद सब्जी होती है। फोटो खिंचने, बनने, मढ़ने में जो रकम लगती, उससे एक बोतल शराब का बंदोबस्त हो जाएगा। लौकी से रम भली। लाला ने बीस सेरी (किलोई) लौकी उठाई और लचक-लचक पड़ती कमर को, किसी तरह सीधा रख, डगमगाते-काँपते पैरों से मंच से नीचे उतरा। लगा, जूते नहीं नालें ठुकी हैं पैरों में। घोड़ा बना दिया मोची ने, क्या सख्त जूता गाँठा है! जोर-जबरदस्ती कर, जूतों से दुलत्ती मारता लाला नीचे उतरा कि एक जूते ने पूरा मुँह खोल दिया। हवा लगी तो राहत मिली। लौकी कोठरी पर पटक, खेस खरीदने चला। साथ में खरीदी दस किलो शक्कर। यही तो करने वाला असली काम था। शहर में पले-बढ़े जज जानते न होंगे कि लौकी का क्या जायकेदार शीरीं लच्छा बनता है। लाला की माँ बनाया करती थी, मीठा ठंडा, सुकूनदेह। लौकी का छिलका उतारकर कद्दूकस कर लो। लंबे-पतले लच्छे काढ़ो और शीरे में पकाओ। बस हो गया, नस-नस को ठंडक पहुँचाने की सिफत रखता, लज्जतदार मीठा तैयार।

माँ बनाया करती थी, क्या स्वाद था!

वह बनाती तो लाला कंधे पर टँगा रहता। लच्छों पर शीरा लिपटता देखना बड़ा खुशगवार होता। फूँक मारकर एकाध गरमागरम लच्छा मुँह में उतार लेता और लंबी-लंबी साँसें छोड़, हलक में उतारने से पहले ठंडा करता। माँ कहती, पगले, लच्छा ठंडा खाया जाता है, गर्म नहीं। उसी तस्वीर को मन में बिठलाकर लाला ने माँ के जमाने का पिचका अल्यूमीनियम का बड़ा भगौना निकाला और दिलोजाँ लगाकर शीरीं लच्छा तैयार किया। बेटे और उसकी औलाद को पसंद नहीं। साले आइसक्रीम खाते हैं, लौकी के नाम से चिढ़ते हैं। चिढ़ने दो। वह मोची को बैठक पर लाकर भरपेट खिलाएगा और मोहल्ले में कच्ची लौकी नहीं, मीठा बाँटेगा। अपने खुफिया मददगार ठुल्ले भंगी को भी खिलाएगा। जूते का क्या है, एक बार फिर गाँठ देगा मोची। बुड़बुड़ करेगा, कर लेगा।

वह यह कहने से भी बाज न आएगा कि तुम बनिया हो या बामन, जो रसोई बनाने बैठ गए।

मोहल्ले में प्रसाद बाँटने का काम तुम्हारा नहीं है। न सही। एक बार ऊँची जात का बनकर देख लूँ। पर उससे नहीं कहूँगा। ज्ञानी जितना हो, बामनों से चिढ़े है अपना यार मोची।

पककर लच्छा तैयार हुआ तो भगौना लबालब भर गया। लाला ने तिपाई से ढक, कुरसी पर टिका दिया और खेस ले, मोची के खोखे पर चल दिया। ग्यारह-बारह दिन हो लिये मिले। पहुँचा तो देखा, मोची जूते नहीं गाँठ रहा, जमीन पर पसरा पड़ा है।

"क्या हुआ? तबीयत खराब है या आलस कर रहा है?" लाला ने कहा कि मोची ने उलाहना दिया, "आ गए लाला फिर से जूता फाड़ के...!" पर बात पूरी होने से पहले खाँसने लगा।

लाला ने खेस निकाल उसे दिखलाया, "मेरी लौकी को इनाम मिल गया। यह तेरे लिए लाया हूँ।"

अचरज के मारे, पल भर मोची से बोलते न बना, फिर कहा, "कफन का बंदोबस्त भी कर आए!"

"तू मरने वाला नहीं। अभी जूता गाँठना बाकी है। नया ना खरीदा मैंने। हाँ, तेरे कहे पर, इस बार नकदी के साथ लौकी भी झटक लाया। यह जायकेदार शीरीं लच्छा बनाया है कि खाते ही तबीयत हरी हो जाएगी। अब उठ, चल मेरी बैठक पर, मुँह मीठा कर और ताप उतार।"

लाला ने उसे खींचकर खड़ा किया, खेस बदन पर लपेटा और सहारा दे, ले चला। रास्ते भर मोची खाँसता-खँखारता उसके जूतों को कोसता चला और लाला अपनी लौकी का बखान करता। न मोची ने लाला की सुनी, न लाला ने मोची की।

कुठरिया पर पहुँचे तो मोची पर अच्छा-खासा खाँसी का दौरा पड़ लिया। लाला ने झट लौकी का गरमागरम शीरीं लच्छा खाने को दिया। लच्छा अंदर और खाँसी काफूर। मोची बोला, "सच में करामाती है तुम्हारी लौकी। फोटू कहाँ है?"

"अरे फोटू के एवज में ही तो असली लौकी मिली!"

"दोनों लाते तो बनिया मानता।"

"असली बनिया तो तू है, मैं कहाँ? मैं तो माली हो लिया। पर वह सब कल। अभी पड़कर सो। और सुन, मुझे सुबह जगाइयो मत। देर तक सोऊँगा।"

लाला लौकी बेच यूँ सोया कि आँख जब खुली, सूरज सिर पर था। कुठरिया धूप से चकाचौंध हो रही थी। मोची तो निकल लिया होगा, लाला ने सोचा, पर देखता क्या है कि वह तो अब भी खेस लपेटे सोया पड़ा है।

“वाह, खेस खूब माफिक आ गया रे मोची!” बाँह से थाम हलके से हिलाया। हिलना तो दूर, देह यूँ अकड़ी मिली जैसे बर्फ की सिल्ली। मोची चल बसा था।

क्रिया से लौटा तो सबसे पहले लाला ने मोची के खोखे पर एक बड़ी-सी कील ठोंकी। जूतों का जोड़ा कायदे से उस पर टाँगा और इनाम में मिली ताजे गेंदे के फूलों की माला सिर नवाकर उन पर चढ़ा दी।